香港兒童文學名家精選 **黃慶雲**

# 聰明狗和
## 百變貓

新雅文化事業有限公司
www.sunya.com.hk

香港兒童文學名家精選

# 聰明狗和百變貓

作　　　者：黃慶雲
插　　　畫：美心
策劃編輯：甄艷慈
責任編輯：曹文姬
美術設計：李成宇
出　　　版：新雅文化事業有限公司
　　　　　　香港英皇道499號北角工業大廈18樓
　　　　　　電話：(852) 2138 7998
　　　　　　傳真：(852) 2597 4003
　　　　　　網址：http://www.sunya.com.hk
　　　　　　電郵：marketing@sunya.com.hk
發　　　行：香港聯合書刊物流有限公司
　　　　　　香港新界大埔汀麗路36號中華商務印刷大廈3字樓
　　　　　　電話：(852) 2150 2100　　傳真：(852) 2407 3062
　　　　　　電郵：info@suplogistics.com.hk
印　　　刷：中華商務彩色印刷有限公司
　　　　　　香港新界大埔汀麗路36號
版　　　次：二〇一二年七月初版
　　　　　　二〇一八年十月第三次印刷

ISBN: 978-962-08-5658-7
© 2012 Sun Ya Publications (HK) Ltd.
18/F, North Point Industrial Building, 499 King's Road, Hong Kong.
Published and printed in Hong Kong

# 目錄

童話篇

# 出版緣起

　　冰心說：「必須要有一顆熱愛兒童的心，慈母的心。」兒童是社會的未來，每一位成年人，都有責任關心兒童的健康成長。而優秀的兒童文學作品，正是兒童健康成長不可缺少的精神食糧。它們蘊含着真、善、美，能真切地反映兒童的心聲，能帶給兒童歡樂和有益的啟示，能鼓勵兒童積極向上，奮發進取。

　　回顧香港兒童文學的發展，由 20 世紀 30 年代香港兒童文學的開始萌芽，到 21 世紀的今天，有許多兒童文學作家一直在為香港兒童文學的繁榮辛勤地耕耘着。他們當中，既有從內地南來的作家，也有土生土長的作家；當中有不少文壇長青樹，也有很多新晉的年輕作家。這些作家為香港兒童創作了一批又一批的優秀作品，為香港兒童文學創作的發展作出巨大貢獻。

　　本公司一向致力於為兒童提供優質讀物，藉踏入 50 周年新里程之際，我們希望更廣泛地推出各種有益兒童身心的圖書，尤其是本土兒童文學作品，因此策劃出版《香港兒童文學名家精選》叢書。

　　本叢書是由各位作家在其已出版的著作中，精選出曾獲過獎，或是能代表其創作風格的作品結集成書。體裁包括童話、童詩、生活故事、兒童小說、科幻故事、幻想小說、散文等。作品展示了上世紀 50 年代至本世紀初香港少年兒童的精神面貌和社會風情，曾在讀者中產生過重大影響，並經得起時間的洗禮。

何紫先生曾説過：「倘若我們不從小培養小孩子閱讀的興趣，他們又怎能建立鞏固的語文基礎？」其實，我們不僅關注培養小孩子的閱讀興趣，提高他們的語文能力，我們更希望藉由優秀的兒童圖書，把愛心、善良、孝順、正直、勤奮、樂觀、堅強、關懷、謙虛、公義等種子植播於孩子的心田。叢書裏的作品既文字優美，更是充滿着真善美的人文關懷。

是次出版，我們挑選了在香港兒童文學創作上卓有成就的作家。我們希望由此而為當代少年兒童提供優質的讀物，也為香港兒童文學創作的研究留下具時代意義的印記，更由此表達本公司對兒童文學作家的由衷敬意。

本叢書能得以順利出版，全賴各位作家的鼎力支持。此外，特別感謝阿濃先生為本叢書撰寫總序，感謝謝錫金教授和羅淑君女士撰文推薦。

為了令讀者對各位作家有更多的認識，叢書還特地設有「作家訪談」，讀者可以由此了解各位作家如何走上文學創作之路、他們對兒童文學的見解等。

叢書後設有每位作家「主要的兒童文學原創作品」資料和獲獎資料，旨在為香港兒童文學的原創生態留下史料，並為讀者提供廣泛閱讀的書目。

# 叢書總序

## 在孩子心裏埋下愛、美、善的種子

阿濃

兒童文學是文學中最難搞的一門。

所有優秀文學作品要具備的條件，兒童文學都要具備。

但兒童文學的用字用詞有限制，宜淺不宜深。兒童文學的造句有講究，宜短不宜長。兒童文學的表達有要求，宜明白曉暢，不宜過分含蓄艱深。對許多作家來說，就是淺不起來，短不起來，明白不起來。他們做不到，不想做，甚至不屑做。

兒童文學的內容要純淨，像高山絕頂的雪，容不得絲毫污染。因為它是給我們純潔天真的小寶貝的精神食糧，其品質要求更甚於物質食糧的奶粉。但純淨不等於淡而無味，它芬芳，有大自然的氣息；它甜美，如地上樹上藤蔓上的果實；它富於營養，又容易吸收。這就對兒童文學作家個人的品質有了要求，兒童文學作家能標籤為organic，他的作品才屬於 organic。

許多做父母的都知道餵孩子吃東西是一件苦差，想孩子接受我們為他們而寫的作品，同樣是強迫不來的。兒童文學作家要有十八般武藝，施展渾身解數，令他們笑，使他們覺得有趣，利用他們的好奇，刺激他們思考，引發他們感動，其實是很吃力的。

要成為一個成功的兒童文學作家，他首先要懂孩子的心，那

就需要他自己有一顆童心。他同樣愛吃、愛玩、愛笑、愛哭、愛熱鬧、好奇、愛問為什麼。他同樣愛幻想，不受拘束、仁慈慷慨、視眾生平等。一顆赤子之心，試問在這烏煙瘴氣的世界裏多少人還能擁有？

優秀的兒童文學作家是如此難得，但社會（包括文學界、出版界）對他們又有多重視呢？寫書給孩子看被視為「小兒科」，大家對小兒科醫生十分尊重，對成人文學作家與兒童文學作家之比卻視為大學教授與幼稚園教師之比，使不少兒童文學作家不想擁有這個名號。同樣反映在版稅方面，兒童書的版稅普遍低於成人書，這也使兒童文學作家氣餒。

幸運地，香港還是出現了一批可愛可敬的兒童文學作家，多年來他們創作了豐盛的兒童文學作品。出版了大量的書籍，也被選作課文。在成千上萬的孩子心中，埋下了愛、美、善、關懷、正直、公義、勤奮……的種子，使我們的下一代有普遍的好品質好表現。這是兒童文學作家們最堪告慰的。

作為香港兒童讀物出版重鎮的新雅文化事業有限公司，1991年不惜工本，編印了《香港兒童文學作家系列》，邀請最出色的兒童書插畫家繪圖，硬皮精印，成為香港兒童文學的里程碑。21年後，新雅再次出版一套《香港兒童文學名家精選》叢書，為當代少年兒童提供最好的精神食糧，為研究香港兒童文學留下有價值的資料，同時向香港的兒童文學家們致敬，可謂意義重大。

祝願香港出現更多出色的兒童文學作家，祝願他們的地位獲得提升，祝願他們寫出更多更精彩的作品。

# 推薦序一

## 優秀的兒童文學作品歷久不衰

要想兒童喜歡閱讀，必須要有大量有趣的，能引起他們的閱讀意慾的優質讀物。我很高興地看到，雖然有人說香港是文化沙漠，但仍有不少兒童文學作家在勤奮地為兒童寫作，各家兒童圖書出版公司每年也為兒童提供大批印製精美的讀物。

今年香港書展，香港規模最大、歷史最悠久的兒童圖書出版社——新雅文化事業有公司，推出《香港兒童文學名家精選》叢書，精選一批對本港兒童文學卓有建樹的著名作家的作品，為香港兒童提供最好的精神食糧。

十位作家包括：黃慶雲、何紫、阿濃、劉惠瓊、嚴吳嬋霞、何巧嬋、東瑞、宋詒瑞、馬翠蘿和周蜜蜜。十位作家的作品，展示了上世紀五十年代至本世紀初香港少年兒童的精神面貌和社會風情，從不同層面刻劃了香港兒童的成長足跡，以及他們成長中所遇到的困擾。

和現在相比，上世紀的兒童生活和現今的兒童生活有着很大的差別，他們的生活遠比現在的兒童困苦。但是兒童的心性是相通的，他們的歡樂和煩惱，無一不是當今香港兒童所常遇到的；而他

們面對挫折而表現出的勇氣和智慧，又給當今的少年兒童提供了有益的啟示和學習榜樣。

優秀的兒童文學作品影響力歷久不衰，本叢書正好印證了這一點。

我誠意向各位關心兒童健康成長的家長和教師推薦這套有益兒童身心的優質圖書，也藉此向各位辛勤耕耘的兒童文學作家表示敬意。

**謝錫金**
香港大學教育學院中國語言及文學部教授
香港大學中文教育研究中心前總監

# 推薦序二

## 向陪伴兒童成長的文學作家致敬

　　收到新雅的邀請，為這套《香港兒童文學名家精選》寫推薦序，實在有點兒受寵若驚。為的是叢書內網羅了香港差不多半世紀內鼎鼎大名、優秀的兒童文學作家。其中黃慶雲（雲姐姐、雲姨）更在1938年曾到本會位於香港大學馬鑑教授的西營盤宿舍樓下的會所為街童講故事，她是推動本港兒童閱讀的先行者。

　　《香港兒童文學名家精選》內的作家都是香港兒童文學上的中流砥柱，他們的著作吸引了無數的讀者，深受新一代歡迎。在本港推動閱讀文化的各項活動中，鮮有不包括他們的作品。

　　雲姨是全球知名的兒童文學家；周蜜蜜是雲姨的女兒，以香港兒童成長為題，對兒童成長經歷的過程有細膩深刻的認識；何紫先生將不同年代的童年呈現，伴隨香港的成長，閱讀他的童話就像閱讀香港不同年代的社會發展；東瑞的故事，天馬行空、科幻、出人意表的情節啟迪兒童對未來的好奇，跨越常規的突破和創意；馬翠蘿對人際關係的敏銳描述，是小學生最喜愛的作家；阿濃讓跨代爺孫親切之情、愛護環境等浮現於故事情節中；何巧嬋校長以童話手法寫香港孩子的生活，希望小讀者能跳出眼前的局限；劉惠瓊姐姐

透過動物故事，將兒童成長責任中的困惑、與朋友的交往娓娓道來；嚴吳嬋霞女士的作品描述了兒童的純真。

優良的圖書和故事作品，會令培育兒童愛上閱讀變得輕而易舉。

如果說多運動能令兒童體格強壯，多閱讀則令兒童心智豐盛。小學階段，兒童從 6 歲開始到 12 歲的期間，是發展閱讀最重要的階段。兒童成長中，9 歲以前，是要學會掌握閱讀的能力；9 歲以後，他們透過閱讀去學習日新月異的知識，透過文字故事以豐富人生成長的經歷。好的故事、引人的情節、雋逸的文筆不單能為新一代開啟知識之門，讓思想騰飛，還能接觸社會內不同的價值取向、人際交往關係之錯綜複雜面。

《香港兒童文學名家精選》包含的故事仍是我們推動兒童閱讀的工作者經常採用的。它不單將本港兒童文學作出一個較為整全的匯聚，同時亦為父母提供了一個安心的選擇，羅列了多元化、鼓勵兒童閱讀的好作品。

謹此向一羣努力耕耘、陪伴兒童成長的文學家前輩和翹楚致敬……

**羅淑君**
香港小童群益會前總幹事

# 作者自序

## 童話的魅力

黃慶雲

我一輩子都是為少年兒童寫作的。而童話就是我最愛用的方式。

為什麼呢？因為童話是具有無窮的魅力的。

我從小就愛聽童話，因為童話裏説的都是引人入勝的，變化無窮的故事，都是好人戰勝壞蛋，弱小的制服強暴的，正義的打倒邪惡的，美麗的衝擊醜惡的，智慧的征服頑愚的故事。

我對這些為消滅一切醜陋、邪惡的東西，使人們享受和平幸福，甚至獻出了自己的生命的人或物十分敬愛。因此，我在努力塑造他們的崇高形象，務求深入人心。

我很尊重我們的小讀者，絕不會把他們當做只等待別人灌輸知識、不動腦筋的一羣，也不是只追求膚淺的娛樂和沒意義的好奇者。我時刻都要挑起他們的想像力、創造性，積極地對故事互動，時時刻刻，精神向上。

在這集子裏的童話，都是經過廣泛的小讀者給予良好的反映，和社會的肯定的。

比如，最長的一個故事《聰明狗和百變貓》，它就不只是貓和

狗的鬥智，而是以愉快的筆調和當前社會生活的反映受到孩子的歡迎。因此，這故事曾獲得香港中文文學雙年獎。

童話的魅力不在於它的長短，最短的童話也可以說明最基本的道理。而孩子們從短短的童話中得到的道理卻並不是很渺小的。

其中，《兩隻蚊子遊學記》不超過一千字，曾在香港教育城進行過讀者調查，很受孩子歡迎。字數少，卻證明了一個做事不可「一刀切」的大道理。

其實，這裏更短的幾個小童話——《龍王的兒子》和《妙妙和咪咪》，短短幾百字，曾載在《金色童年》上，在內地受過國家教委的推薦，在內地和香港都再版好幾次。

在這本集子裏，短故事十多篇，包括了我最初的童話創作，和最近的童話創作，即從《月亮的女兒》到《小魚仙的禮物》。在這當中，我自己對歲月的轉移帶來的收穫也不少。從愛人類到愛地球，對食物的認識，對思想境界的提高，一點一滴，我都努力地對社會反饋及向小讀者匯報。

魅力來自童話，動力來自聰明的小讀者。

作家訪談

受魯迅影響而立志為兒童創作的
兒童文學作家

——黃慶雲

# 受魯迅影響而立志為兒童創作的
## 兒童文學作家

# ——黃慶雲

　　魯迅先生九十多年前在他的作品《狂人日記》中發出「救救孩子」的呼聲，他沒有想到由此而催生了中國當代一名重要的兒童文學作家——黃慶雲女士——「雲姊姊」、「雲姨」。雲姨自言，她當時被魯迅的呼籲深深打動，由此而立志為兒童創作。

## 十七、八歲開始寫兒童文學

　　九十二歲的雲姨，坐在沙發上，向我細述她的創作歷程。

　　「我十七、八歲開始寫兒童文學。我在大學讀的是中文系，還有一些教育科目，我常常到學校向小朋友講故事。特別是廣州淪陷後，1938 年我到了香港。當時香港小童群益會幫助許多從廣州來的難童，還有一些街童，如擦鞋仔和賣報童等。我給他們講故事，開始時是講，但後來沒有故事可講了，於是我就自己親自來寫。到了 1941 年，曾昭森教授創辦《新兒童》雜誌，邀請我擔任主編，我便在那兒大量寫故事。」

　　雲姨停了一下，繼續說：「當時是國難當頭，每個人都想為國家多作貢獻，我在想：自己應走什麼樣的路呢？剛好看到魯迅

先生在《狂人日記》中發出『救救孩子』的呼聲，我結合自己的學習專業和特長，覺得我可以在兒童文學創作方面做些工作，就這樣走上了兒童文學創作的道路。」

## 寫作靈感來自身邊的人和事

雲姨說她的寫作靈感來自生活，來自身邊的人和事。「很多寫作素材都是我從日常生活中挖掘出來的，或者是從某些人那兒得到啟發。很多東西都來自生活，於是我便寫了很多童話，但是這些童話都是貼近生活的。」

接着，雲姨對我說了她對兒童文學創作的一些看法：「我覺得兒童的心理是向上的，講給他們聽的故事，內容也是要令他們向

雲姨和冰心（中）、葛翠琳（右）兩位兒童文學家在一起。

上的，他們天性又是快樂的，因此，我會在故事中傳遞這些東西。同時，兒童的想像力很豐富，因此，我要引導他們，讓他們的想像力更加豐富。我覺得每個人都有幽默感，無論是成人還是小孩。

我要引導他們，令他們的人生好豐富。

　　「另外，給小朋友寫故事，還要注意美。因為孩子喜歡美的東西，除了真和善之外，一定要有美。對孩子一定要堅持這些。冰心曾說過：怎樣給美感予孩子很重要。有時候即使是寫悲劇，也不能讓孩子感到絕望。」

　　雲姨總結說：「最好的兒童文學作品，是要使兒童覺得上進，前途有希望。書中的道理容易學習，但不是灌輸，而是啟發他們去思考，去想像。教導孩子胸懷寬廣些，眼光更遠大。」

## 創作上遇到的瓶頸有很多種

　　談到創作上的瓶頸問題，雲姨說：「創作上遇到的瓶頸有很多種，有時候我會想，這個情節合不合理呢？想像會不會浮誇？這事情真實嗎？科學上有沒有根據？這些我都很注意。於是我就停下來再想、細想，有時完成一個故事之後就把它放在一邊，再客觀想想，然後再修改。」

　　雲姨二十一歲起擔任香港第一本兒童刊物《新兒童》的主編，讀者十分眾多，當中有的忠實讀者還因受她的影響而走上兒童文學創作道路，例如著名兒童文學作家何紫先生。同樣，雲姨說，她也有很多對她影響甚大的作家，她一一細數：如中國的葉聖陶、冰心、張天翼，英國的狄更斯，俄國的諾索夫和美國的歐亨利等。她從這些大作家的作品中吸取養分，學習他們的寫作技巧，然後形成自己的創作風格。

## 最難忘的事是《白蘭說的故事》所引起的迴響

數十年的創作歷程，雲姨自言難忘的事情和有趣的事情非常多，但當中一件她嘗試以童話來寫報告文學所引起的巨大反響令她特別難忘。

她憶述：「我寫作的時候，常常喜歡做新的嘗試。報告文學是一種很實在的文體，它所報道的內容必須是真人真事，而童話則帶有很大的想像性。但是我嘗試把報告文學和童話結合起來，寫了一篇《白蘭說的故事》。

「這是根據真人真事寫成的。

「那時候大約是 20 世紀 80 年代，有一個叫鍾超文的年輕殘疾人，他全身只有手會動，以及腦會思考，但是他仍然很努力地學習。70 年代前他自學了俄文，翻譯了不少俄國作品為兒童服務。但是 80 年代後人們不喜歡俄文了，他的生活十分貧困。我覺得他為別人做了很多好事，我希望能有人幫助他，而且他的意志和毅力也令我佩服。於是我用童話的方式，借着白蘭花的觀察和講述，把他的事跡寫出來。

「這篇文章首先刊在《羊城晚報》上，後來，全國性的綜合雜誌《新華月刊》轉載，立即感動了許多人。許多人寫信給他，有人邀請他寫文章，有人為他解決住的問題，還有一位客家姑娘主動前來向他表示關愛，和他結婚，親自照顧他。這件事令我特別難忘。前年，他的太太來香港，還特地來探望我呢！」

## 我寫作總是希望多作嘗試

　　雲姨數十年來創作的作品多不勝數，體裁涉及童話、兒歌、童詩、故事、小説、人物傳記等等。這些作品也為雲姨贏取了諸多的獎項，包括：全國少年兒童文藝創作一等獎、廣東省少年兒童文藝創作一等獎、陳伯吹園丁獎、冰心兒童圖書獎、國家教委推薦讀物，以及三次獲得香港中文文學雙年獎等等。

　　對於這些榮譽，雲姨平淡地説：「獲獎對於我來説，是一種鼓勵，一種安慰，但我不覺得有什麼很特別、很榮耀的地方，我只是覺得我應該繼續超越自己。」

　　雲姨接着説：「我寫作總是希望

2011 年，雲姨和女兒周蜜蜜（左）接受小童群益會 75 周年啟迪童心紀念獎。

多作嘗試。除了童話之外，我還嘗試寫動物故事。現在有很多人寫動物故事，但我寫的和他們的不同，我嘗試以動物第一身來寫，通過動物來反映社會生活。如《貓咪QQ的奇遇》及《聰明狗和百變貓》就是這類作品。

「我還嘗試寫歷史故事。我在想，重大的、歷史關鍵時刻的歷史事件是否可以寫成兒童故事給兒童看呢？於是我以1925年發生的省港大罷工這段歷史寫成歷史小說《香港歸來的孩子》。這是專為兒童而寫的歷史小說，我希望現在的孩子也認識這場轟動全世界，時間最長、規模最大的工人運動。另一本寫一個革命女烈士的《刑場上的婚禮》還被拍成電影和舞劇，影響較大。」

## 對現在的兒童文學作家的期望

我問雲姨：「作為前輩，您對現在的兒童文學作家有什麼期望？」

雲姨聽了，思索片刻後說：「我希望多些人參加到兒童文學創作的隊伍中來，因為這工作真正做到魯迅先生所說的『救救孩子』的作用。創作其他文學，是可以很容易出名的，而且也很容易得到名譽，但兒童文學常常是坐最後一把交椅。因此，我希望兒童文學作家覺得寫兒童文學既是權利，又是義務。我們有這樣的義務要為下一代兒童服務。兒童文學作家的責任並不比一般文學作家的責任輕，兒童文學的價值也不比一般文學低。」

## 每天用 1-3 個小時寫作，其餘時間看書

九十二歲的雲姨，精神爽利，訪談間不時響起她愉快的笑聲。數年前她在一個文學講座發言時不慎摔倒，至今仍要用拐杖扶行，不過身體還健康，頭腦仍靈活。

談到生活近況和寫作計劃，雲姨說：「我現在主要是創作一些短篇的作品，除了給少年兒童的，還有給成人的。有時還修訂或整理一些舊作品，保持每年有兩本以上的新作品面世。對長篇作品暫時沒有打算，畢竟年紀大了。」

　　「現在，我每天早上起來，吃過早餐後便看報紙，每天用 1-3 個小時寫作，都是斷斷續續地進行，有時會休息一下。更多的時間是用來看書，看很多書，比以前任何時間都看得多。當中大部分是兒童文學作品，還有其他體裁的文學，以及科學類書籍、時事雜誌等。我經常到公共圖書館借書閱讀，包括中英文圖書。」

　　採訪結束，我徵詢雲姨的意見，為她拍一幅近照，好讓關心她的讀者們看到最近的她。雲姨欣然同意了。

　　鏡頭中的雲姨端詳而恬靜，就像在默默觀察人生。

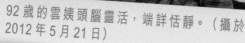
92 歲的雲姨頭腦靈活，端詳恬靜。（攝於 2012 年 5 月 21 日）

童話篇

# 聰明狗和百變貓

## 1. 小狗也讀書

我的大名是邦邦，是一頭英雄的小狗，是三寶心愛的、一刻也不能離開的小狗。

九月一日，這是三寶的大日子，他要開學了，要成為一年級的小學生了，這對我是一件頭等大事，因為我就要離開他了。

三寶今天穿上一雙新鞋，穿得很吃力，我跑過去幫他拉着鞋帶。三寶說：「邦邦，別淘氣，我就要遲到了。你知道小學生守則嗎？小學生是要守紀律、不遲到的呀。」

這時，三寶的哥哥大寶、姊姊二寶，都穿上了新校服，精神奕奕的，拉着三寶的手，一起走出門去。

三寶上學了，我也要上學啦。可是，孩子們上學是平常的事，小狗上學可就完全不同了。

大寶對我說：「邦邦，快跑回家裏，學校不許小狗去的。」

二寶還拍着我的脖子說：「邦邦，你該高興才是，你

用不着天天背書和寫閱讀筆記。」

三寶顯然是很想讓我陪他上學的，他的聲音帶着顫抖地問：「邦邦就只今天去一下也不行麼？」

大寶對他的回答就是堅決地向我揮一下手，叫我馬上回家。

我卻慢吞吞地往回走，一面走一面回頭看三寶。好幾次我的眼光恰恰和三寶的眼光相接觸，他也回頭來看我。他的樣子是多麼不快活呀。

忽然，我改變了主意，我一定要陪三寶上學去。我是一隻有勇氣有膽量的小狗，想要怎麼做就怎麼做，我立刻向後轉，跟着他們走。

我還是一隻會動腦筋的小狗，幹起事來挺乖巧。我離得他們遠遠的，等他們拐了彎我才跟上去，神不知，鬼不覺，我就混到學校裏面去了。

這學校的孩子真多，他們在快活地談笑着，互相追逐着。有幾個看到我了，也沒有叫我回家，有兩個孩子還和我說笑，有三個孩子又和我追逐起來。可是，我只是一心想找三寶，沒有多大心思去玩。嘿，我終於把三寶找到了。可是，他還是和大寶在一起。我怕給他們發現，只好又在孩子們中間躲着。

這時，進來的小孩更多了。那些小的大概都是三寶那樣的一年級新生，有些和他們的大姊姊、大哥哥一起來，有些是跟着爸爸或是媽媽一塊兒來，像我這樣單獨一個走到學校來的並不多。

這時，一個頭上紮着大紅蝴蝶結的小姑娘，由她的媽媽拉着手走進校門裏來。她的樣子又不快活又害怕。

我聽到這小姑娘說：「媽媽，我要回家去。」我又聽到那個媽媽說：「不，你不要回家，你要讀書。」可是那個小姑娘還是想哭鼻子。

鐘聲響了，孩子們都紛紛跑到課室裏，我再沒有時間考慮了，就急急忙忙地跑到三寶的身邊。

三寶意外地看見我，你看他高興的！可是大寶卻還是對我皺着眉頭說：「你這頑皮的傢伙，我不是叫你回家去的嗎？」

我在搖頭擺尾，那是在陪笑，在央求，希望大寶會回心轉意。可是這個大寶竟然絲毫無動於衷，毫不客氣地說：「你在外邊等着吧，邦邦。」然後，他放開了三寶的手，把我一直帶到校門外。跟着，他把校門關上了。

我既是一隻有膽量的小狗，就決不會一受挫折就回頭的。我等了一會，看見校門始終沒有再打開，就離開前門，

找找有沒有別的門。最後，我果然找到了一個很矮很矮的門，就走進去了。

不過，這門通到另一個地方，是一個大廚房。我一走進去，就看到一雙綠瑩瑩的眼睛，嗬，這是貓啦！牠對我闖進牠專用的門十分生氣，聳起背脊，發出了自以為是老虎般的聲音，要把我趕出去。我也把頸毛豎起來，汪汪地大叫兩聲。我前進一步，貓後退一步。牠退，我進，結果我們一直追逐到一個廣場上。那隻貓跳到樹上去，我才放過了牠。

我真快樂，從這廣場走到一個長廊上。長廊上的兩邊都是關上了的門。可我知道那些都是課室，因為我聽到孩子們的聲音啦！

三寶在哪個課室呢？我可有辦法偵察出來。我已聞到很多孩子的鞋子的氣味。我就低着頭，逐個課室地嗅，最後，便把三寶的新鞋子的氣味嗅出來了。哈哈！誰還比我更機靈呢？我一找到這課室的窗戶，便跳了上去，徑直跳到三寶的位子那裏。

三寶定睛看着我，拍着我的肩膀叫我伏在他的腳下，撮着嘴叫我別做聲。我躺在三寶的新鞋子旁邊，搖擺着尾巴，十分快樂。

　　三寶後面那個孩子先發現了我，他戳了戳三寶的背，嘻嘻地笑着。三寶前面的兩個同學也發現了我。他們你看我，我看你，在忍着笑。

　　老師並不知道我也在那裏上課，她正在教孩子唱歌：

「小花貓，

一齊叫：

喵！喵！喵！」

　　頓時全課室都「喵！喵！喵！」地叫起來。我也控制不住自己了，也大聲地叫，可我唱的不是「喵！喵！喵！」而是「汪！汪！汪！」所有的孩子都把頭轉過來看我，哧哧地笑起來。頓時整個教室的秩序都亂起來了。孩子們高聲的説着笑着，有些孩子還走過來圍着我。那個頭髮上打個大紅蝴蝶結的小姑娘也在裏面。

　　大家越注意我，我越高興，越要吠出幾個美妙的聲音。可是，突然，那位老師提高了聲音：「這隻小狗是誰的？請把手舉起來。」

　　三寶咬着手指，像很害怕的樣子，可是他畢竟把手舉

起來了。

那老師很溫和地拍着三寶的肩膀説：「這是一隻很有趣的小狗。可是學校是不許把小狗帶來的。三寶，你把牠帶到外邊去吧。」

三寶把我抱到課室外邊，嘴裏悄悄地説：「你早該聽我哥哥和姊姊的話啊！」他把門關上了。

我走到學校那個大操場上，心裏挺不痛快，這是多麼奇怪的一個世界啊！孩子們既然喜歡我，為什麼不讓我到學校去？學校既是好地方，為什麼又有孩子不願意去呢？

操場上靜悄悄的，幾隻小麻雀在地上啄食些什麼？那隻綠眼睛的貓，鬼頭鬼腦地瞄着牠們，可是一看見我在那裏，就趕快走開，怕我再撞牠。其實，我一點心緒也沒有了。

一會兒，課室的門開了，我高高興興地以為三寶出來了，可來的並不是三寶，而是那個打着大紅蝴蝶結的女孩子。她還是一臉的不快活，我便搖頭擺尾地向她走過去。

「我要回家啊！」那小姑娘告訴我，「我不喜歡上學，我要回到媽媽那裏。」她滿眼都充滿了淚水，推開校門，向四邊望了望，便跑到街上去。我也跟着她一塊走了。

這時，一輛大卡車從街角拐過來了。那小姑娘也沒有

注意，她飛跑着要走過對面去。

唔，她沒注意這大卡車，我可注意到啦。我剛出生不久，腿就被一輛汽車咬過一口，到現在看到汽車還膽顫心驚呢。我知道那小姑娘跑過去一定會遇險的，便狂吠了幾聲警告她。

呀，她完全沒有理會我的警告，還要向前走呢。我再也不猶豫了，拚命地跑過去把她的裙子咬住，一直把她拉回行人路上。

這時，大卡車急剎車。車上一個警察叔叔跑下來看看發生什麼事，這時候那小姑娘就放聲大哭。於是，街上的行人，學校裏面的人也都跑出來看了。

最早跑出來的是三寶那個老師。她發現那小姑娘不見了，就到外面來找她。那位警察叔叔便告訴她剛才發生的事，還拍着我說：「真危險極了，要不是這條機智勇敢的小狗，差點就鬧出人命了。這小狗真不知是哪裏來的。」

我不搖頭，不擺尾，表示謙虛，可是三寶卻走出來說話了：「這是我的小狗邦邦，牠要跟我上學，老師說這不合規矩，讓我把牠攆出來的。」

警察叔叔拍拍三寶的頭，哈哈大笑說：「原來這樣。是啊！我們首先就得守紀律。」又向那小姑娘說：「你看，

剛才你不守學校紀律，中途跑出課室，又不守交通規則，不看紅綠燈，橫過馬路，差點就出事了。你年紀小，就應該在學校學習呀。」他給小姑娘揩眼淚，小姑娘不好意思再哭了。

然後，警察叔叔雙手把我抱起來，抱得高高的，簡直就在他的鼻子下面，他説：「你這聰明的小狗，可也是個淘氣鬼……」

三寶從來不喜歡人家説我半句壞話的，他連忙説：「叔叔，邦邦不淘氣，邦邦只想讀書。」

警察叔叔説：「是嗎！我看這麼勇敢機靈的小狗也該讓牠讀書，不過不是在你們這個學校。就讓我把牠帶回去，在我們的警犬學校那裏學習好麼？」

三寶拍着手説：「好極了！好極了！」

警察叔叔一手拖着三寶，一手拖着那打紅蝴蝶結的小姑娘，對他們説：「好吧，那你倆都在學校好好學習，和邦邦來個競賽好嗎？」

老師笑嘻嘻地把三寶和小姑娘帶走了，我也使勁地搖着頭，擺着尾，跟着那警察叔叔上了大卡車。

這是我永不忘記的一天。三寶開學的第一天，也就是我開學的第一天呢。

## 2. 兩個孩子和兩隻鞋子

在家裏，最愛我的是三寶，最愛三寶的是三寶的婆婆。三寶已經是一個三年級學生啦！

三寶是一個大好大好*的孩子，不過他卻有一個不大好的習慣，就是常常忘記東西。到店子買糖果，給了錢就忘記拿糖果；去戲院看電影，人出了門，戲票還在家裏；下雨天帶了雨傘出門，出了太陽，他就一個人兩手空空，瀟瀟灑灑的回家了。

這可真叫人擔心，是嗎？不！一切都有我呢。他付了錢搖搖擺擺上街，我就銜着糖果一聲不響地在後面跟着；他剛到戲院門口，掏掏褲袋找戲票時，我就伸出前爪把戲票送到他手上了。他還對我說：「對不起，我不能帶你去看戲啊，好邦邦。」那一次他把雨傘撐在課室門口，就管自己放學了，於是，我又跑到學校把雨傘銜回來。學校的小同學都對着我拍手叫，街上的人也對我哈哈笑，説：「真好玩，小狗打傘，牠要做狗明星了！」害得我十分難為情。

總之，他丟了什麼，我就幫他找什麼。因此，婆婆常説我是三寶的最佳助手，婆婆疼三寶，當然也就疼我啦！

*大好：很好的意思。

　　昨天，三寶的表哥在郊外捉到了一隻小刺蝟。這隻小東西十分機靈，他滿身長刺，又能夠把自己捲成一團，又能夠伸開四條腿跑步，三寶和他玩了一個晚上，快樂極了。這天放學，我到門口迎接三寶，他把他的同學張兆佳帶回家來。還沒進門就大叫：「婆婆，兆佳看我們的刺蝟來了！」

　　三寶的同學我都認識，各有各的特點。兆佳的第一個特點就是住在我們家附近，因此我們就特別玩得熟。第二個特點，我卻不那麼喜歡，因為他老愛揭三寶的短處。而我，卻不喜歡別人說三寶不好的。本來呢，有短處不該怕別人批評，讓他說說也沒有什麼了不起。但是，兆佳說三寶的短處是另有目的的。每說三寶一次短處，他就乘機自我表現一番。三寶哪一次得的分數低，他就故意把自己的作業本拿到我們家裏來，得意洋洋地給婆婆看，讓婆婆責怪三寶，稱讚自己。又如，三寶常常丟三漏四，他就誇口說：「動動你的腦筋吧，看看我，我連一塊橡皮擦也不會丟失的。」

　　兆佳到了我家門口，就把鞋子脫了下來，婆婆總是把地板弄得一塵不染，他是十分清楚的。

　　當婆婆笑瞇瞇的迎接他時，他就提高了嗓子說：「婆

婆，我們剛剛發還段考試卷呢！」

聽他的話，看他的神氣我就覺得有下文。果然，當婆婆對他説：「你一定有很好的成績了。」他便裝出了很謙虛的樣子説：「算不了什麼，還差兩分才滿分呢。」

於是婆婆就轉過頭來問三寶考得怎樣，三寶在書包裏找來找去都找不出試卷來。兆佳説：「你總會記得住自己的分數吧？」三寶説：「我還來不及看就下課了。」於是婆婆就埋怨三寶説：「你對待自己的成績就是那麼不認真！」一句就夠了。

瞧瞧兆佳那個幸災樂禍的樣子，我決意捉弄他一下。我望到他在門口脱下來的一雙球鞋，悄悄地把一隻啣起來，埋到後園的沙池裏。

跟着，我又跑回來，準備把那另一隻鞋子也啣去，卻聽到兆佳在屋裏的聲音：「真無厘頭，叫人家來看刺蝟，連刺蝟都不見了！」

婆婆説：「叫邦邦來找吧，他是三寶的好助手！」

才不！既是三寶的好助手，就不應該把刺蝟找出來給兆佳玩。兆佳這時走出來了，我來不及把鞋子啣走，只好趁着大家不覺，偷偷跑回屋裏，把鞋子丟到三寶的牀底下。他們叫我不來，兆佳走了出門，發現鞋子不見了，便大叫

大嚷說：「我的鞋子哪裏去了？我從來不會丟東西的，這怎麼可能？三寶，你說呢？」

我那可愛的三寶老老實實地回答說：「我說？……也許你根本沒有穿鞋子來呢！」

我忍住不讓自己吠出笑聲來。多痛快，好哇，他也有丟失東西的一天哇！

第二天是星期天，三寶卻一早就起來。他說：「是我做夢吧？牀底下躲着一個妖怪呢。」我側耳一聽，牀底下咚咚響，嗬，那妖怪走了出來，原來是那隻小刺蝟，蜷縮在兆佳那隻球鞋裏，把鞋子拱來拱去，一步一步的顛着

呢。三寶樂得在牀上打滾。婆婆卻説：「叫兆佳把鞋子拿回去吧，這孩子也是個馬大哈＊！」

跟着，婆婆到後園大聲一喊，兆佳就風風火火的過來。這兆佳啊，他一到就什麼都不看，只愛和刺蝟玩，十分開心，十分欣賞，他説：「鞋子，我不要了，就給刺蝟做房子吧！反正只有一隻，沒用場！」

我沒想到兆佳會那麼大方，就飛快地跑到沙地上挖出了那另一隻鞋，唧到他面前，汪汪地叫了兩聲算是「對不起！」哪知道，他反而苦起臉來説：「邦邦，你真惡作劇，我婆婆知道我把鞋子丟了，説給我買一對新的，你想破壞了我這好事嗎？」真奇怪，我惡作劇時他沒説我不對，我不惡作劇時他反説我惡作劇呢！

正在這時，兆佳的婆婆走了過來，手上拿了一個本子，説：「三寶，這是你的試卷，兆佳拿錯了，還以為自己拿了九十八分呢！」她又對兆佳説：「這不是你的成績，我不給你買新鞋了！」

三寶婆婆説：「別怪他，孩子總是粗心大意的！」我看見兆佳漲紅了臉，遲疑地向小刺蝟的皮鞋伸出手。我禁不住跳到三寶的牀上，高興地打起滾來了！

＊馬大哈：指人粗心大意，工作馬虎，這裏意指失魂魚。

# 3. 兩位爵爺

這天，三寶放學回家，高高興興的對我說：「邦邦，快來，我要給你介紹一個新朋友，兆佳的舅舅送了一隻很大的狗給他呢。」

話還沒有說完，兆佳已帶着他的大狗，在門前大叫，要我們出去了。

兆佳帶來的這隻狗又高大又神氣，他比我大三倍以上，身上的毛又長又是稍鬈着的。毛那麼長，把眼睛也蓋住了。

兆佳比他的狗更神氣，他滔滔不絕地介紹着：「這狗是英國古老的牧羊狗，血統非常高貴，

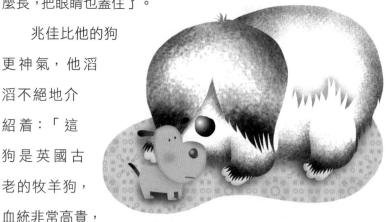

所以牠的名字就叫伯爵。」

三寶親切地拍了拍伯爵的額頭，問兆佳說：「你為什麼不給牠剪短頭上的毛，這樣牠怎能看見呢？」

兆佳說：「哎喲！你怎麼這樣老土！這樣的髮式才是高貴的象徵！那些頭毛不夠長的牧羊狗，主人還得給牠戴個假髮呢。這種高貴的狗的本事就在不用眼睛也能看見東西。」

但是我也懷疑伯爵是不是不用眼睛就能看見我。是我在他身邊輕輕地哼了兩聲之後，他才用鼻子來嗅我，跟我打招呼的。

這時我又聽到兆佳繼續滔滔地說：「三寶，我的婆婆已經原諒我了，她給我買了一雙新皮鞋，你看看，是名牌，不過只有這較大的號碼了。」

果然，我看到他的腳上穿着一雙發亮的黃皮鞋，果然也是太大了，像米奇老鼠穿的鞋那樣，走起路來踢踢托托地響，我想，伯爵就是聽到這聲音，才跟着他走的。

兆佳繼續說下去：「現在，我有三件寶了，第一件是伯爵，第二件是新皮鞋，還有第三件，是風衣，也是舅舅送給我，叫我帶伯爵上街時穿的，今天天氣暖，我沒穿它。啊呀，那風衣好像大俠的夜行衣一樣，黑漆漆的，跟伯爵的毛色很相襯，太有型了。哈哈，你不過名叫三寶，我卻真的擁有三寶啊！」

這時，他忽然把話打住了，問三寶說：「你帶狗散步，

為什麼不帶報紙呢？」

三寶便反問他：「那你又為什麼帶報紙呢？」

兆佳説：「狗會隨地大便的，婆婆叫我用報紙包狗屎。不然，人家會投訴。你看到這報紙上的投訴欄嗎？」

三寶説：「我已把邦邦訓練好，大小便牠自己會上廁所的。牠會自己管自己，也許伯爵習慣叫人家伺候的吧。」

他們在談着的時候，伯爵已跑到騎樓下面，高舉一隻腳，向牆下射小便了。

我説：「伯爵，原來你是靠這樣認路的嗎？」

他説：「你呢？」

我説：「三寶教了我上廁所。」

伯爵説：「我也不是靠這樣去認路的。不過，我一直保持狗的光榮傳統，這叫飛泉圈地，使別的狗認得這是我的領地，不容隨便侵入。唉，可惜你已經丟掉這個傳統了。」

我在心裏嘀咕着：「要是我保持了這個傳統，那你還能到這裏來嗎？」可是，三寶常常教我對人要有禮貌，所以我很有禮貌地説：「伯爵，反正你到處都受歡迎的啦！」

跟着，我們轉到停車場那裏去，忽然，迎面來了一股尿臊味。

伯爵回頭對我說：「是不是香港人也有圈地這個傳統？那位又是什麼爵爺呢？」

我向前一看，有一個人剛從汽車上走下來，正對着牆上有所動作。

三寶搶步上前，對那人說：「叔叔，我們都要愛護香港，小便請到公廁。」

我便哼了一聲，提起伯爵的注意。我常常把三寶作為我的驕傲的。那知道那位「爵爺」叔叔回過頭來，大聲頂三寶說：「誰高興誰就在這裏小便，你別多管閒事！」

三寶說：「清潔香港，人人有責。」

那「爵爺」更怒氣沖沖了：「有本事你打 999 報警，看差人敢不敢抓我！」

他氣鼓鼓地上車開走了，三寶也很氣憤。兆佳卻在旁邊勸他說：「算啦，三寶，大人的事我們管不了的。」

三寶說：「不！我一定要打電話。」

兆佳說：「這些事情警察不會理的。」

三寶說：「那我打電話投訴去。」

兆佳又說：「投訴又怎樣，你看這報紙，投訴的多，改正的少！」

三寶說：「總之，清潔香港，人人有責。」

散過步我們就各自回家了。

一星期之後，吃過晚飯，兆佳又帶了伯爵到我家看電視。

忽然，熒幕上出現了我們熟悉的地方，就是那停車場，繼而出現了我們見過的人，那位飛泉圈地的爵爺，他扣過褲鈕一轉過身來，就面對觀眾了。

電視上介紹説：「一個關心香港環境衛生的孩子給我們提供資料，我們把這事件重演，希望今後大家要自律，還要向這個小孩學習。」

跟着，熒屏上出現了三寶，記者先生正在跟他握手呢。

我高興地繞着三寶跳上跳下。兆佳卻伸了伸舌頭：「幸虧當時我的伯爵沒有隨地小便，不然，也給立此存照了。」

第二天下午，兆佳再帶伯爵來和我們一起散步，這一天，他穿起了那件寶貝風衣，他問三寶説：「你看我的風衣跟伯爵配搭得很好是不是？我已給伯爵剪了新的髮型，我讓他用眼睛看路，不要隨地小便呢。」

兆佳和三寶在前面跑，我和伯爵在後面跟着，伯爵的前額剪得像鞋刷一樣齊，一雙眼睛不斷地眨着，我想，他一定眼界大開了。

走呀走呀，伯爵忽然飛跑向前，説：「垃圾袋，垃圾

袋！」我知道他忍不住又要有所動作了。只見他飛跑到一團黑咕隆咚的東西旁邊高高舉起一隻腳，我還來不及出聲阻止，那個垃圾袋就大叫起來。其實那是兆佳，他的大皮鞋裏藏了泥沙，正蹲下來脫鞋子倒泥沙，伯爵把他當成垃圾袋了。

兆佳不好意思地説：「伯爵不是故意的。他長年給長毛擋着眼睛，變成近視，要慢慢才習慣的。」

三寶也笑嘻嘻地説：「是啊！就是不隨地大小便也得練習練習才適應的。」三寶溫和地望着我，嗯，三寶也一樣，把我作為他的驕傲呢。

## 4. 百變貓貓

三寶很愛吃漢堡包，每天他都買一個做午餐。有一天，他吃着漢堡包的時候，媽媽對他説：「三寶，人家説孩子不適合吃太多的漢堡包，知道嗎？」

三寶説：「可是我又知它是很好吃的啊！」

媽媽説：「這樣，你就吃一半吧！」

三寶很聽媽媽的話，他先説了一個「好」字，然後又説：「那麼那另一半呢？」説的時候他的眼光落在我的身

上，不消説，那另外半個的享受者就是我了。

那一天中午，我正準備享用那美味的漢堡包，忽然看見窗外一雙綠瑩瑩的眼睛望進來，我連忙放下了漢堡包，要弄清楚那是怎麼一回事。

窗外那東西比我的動作更快，剛才分明是一雙綠眼睛，一轉眼已變成一團黃色的毛球。我一眼看穿了這是貓使用的詭計，她怕我，以為藏住了頭，撅着屁股就可以騙過我，把她當成小狗或什麼了。她以為我是一隻傻小狗，其實她自己才是一隻笨小貓呢。我已清楚地看到她的眼睛，除了貓，誰的眼珠會中午變成一條線的呢？

我決不是一隻欺負小貓的狗，但我可不願做一隻上了貓的當的狗。我便隨便吠了一聲，説：「走開，不要扮嘢了，我早看穿你的貓計了。」

要是別的貓，聽到這句話就一定夾着尾巴逃跑的。可是，出乎意料之外，她不但沒有逃跑，而且還發出了哼哼唧唧、十分可憐的聲音。

「你怎麼啦？」我便問她。

「狗哥哥，我不是躲你，你不會欺負我的。我已經三天沒東西吃，走不動啊！」她又有氣無力地哀歎着，「狗哥哥，你真幸福，又有家，又有吃的！」

我這幸福的狗哥哥還能怎樣？只好説：「好吧，你過來吧，這裏有半個漢堡包，會適合你的。」

她一下子就竄了過來，比捉老鼠更快地撲在那半塊漢堡包上，很快，那包子裏的「漢堡」就全部消失，她滿意地説：「這漢堡包真的對我十分合適，把我救活了！」

我看她一下子恢復得那麼快，便説：「是的，再適合不過了，拜拜！」

她説：「別忙着拜拜，我還沒有洗臉呢。」她優哉遊哉地抹鬍子，舔腳爪，一面説：「要説最合適倒不如就在這裏住下來，天天有漢堡包吃，你不介意吧？」

我説：「那就得看三寶介意不介意，他才是主人。」

她説：「寵物是屬於主人的，其實主人才是屬於寵物的。三寶一定願意做你願意做的事。」然後，她又説：「唉，你真不會享受，吃了東西要洗洗臉，那才有滿足感的，來，我教你吧。」

她坐在地上，我也坐在地上；她把腳舉到嘴邊，我也把腳舉到嘴邊；她伸出了舌頭，饒有滋味地舔着她的腳板，我伸出了舌頭，卻舔到了腳板上的泥，我不知該不該舔下去，那麼髒，那麼臭⋯⋯

我的滿足感還沒到來，三寶卻進來了。他一見就拍着

手説：「好邦邦，真能幹！找到了好朋友，還學習新的東西呢！」

那小貓一聽，立刻跑到三寶身邊，嘴裏咪嗚咪嗚的，拱起脊樑，在三寶的腳邊揩來揩去，揩得三寶心花怒放，説：「好吧，好吧，最好你不要走，天天教邦邦用舌頭洗臉洗腳。唉，他這頑皮東西，只會伸出舌頭流口水呢。」

三寶真的就拉着他媽媽説：「媽媽，我把這流浪小貓留下來好嗎？留她陪我陪邦邦，好嗎？我把她改名叫冰冰，一叫冰冰邦邦，狗也來，貓也來，好嗎？」

對於三寶的一連串問題，媽媽來不及答覆，只好不斷地點頭。直到後來，三寶説：「可是這是來歷不明的貓，可能她有自己的名字，她會聽我呼喚嗎？」

媽媽説：「她愛吃漢堡包，你用漢堡包餵她時，就叫『冰冰來』，多幾次她就接受了。在心理學上這叫條件反射。」

從此，小貓就留下來了。從此，一個漢堡包，三寶吃二分之一，剩下的二分之一，冰冰吃漢堡我吃包。冰冰一叫就到，三寶還以為他的條件反射奏了效呢。

有一天，我和冰冰正在吃漢堡包的時候，房門一響，英國古老牧羊狗公爵爺突然駕臨。一看見這巨無霸，冰冰

像影子一樣消失了。由於公爵這時額前的長毛又長了出來，遮着眼睛看不清楚，沒有追究下去。我望着公爵額前的長毛，正好遮蓋着他滿臉的愁容，他的眉頭是皺着的呢。

我問公爵出了什麼事，他向我訴苦，原來他們家裏出現了老鼠。我問他：「原來你是怕老鼠的麼？」公爵説：「我怎麼會怕這些鼠輩？捉老虎、抓老貓我連眼都不眨一下呢。不過，兆佳的婆婆確是有過這個意思，她對兆佳説：『難道你的狗只是擺擺樣子，連一點用也沒有嗎？』兆佳卻反駁她：『婆婆，俗語也有説，狗捉老鼠，多管閒事。哪見過有公爵捉小偷的？萬一有一隻鼠蝨跳到公爵身上，又要送到獸醫那裏剪毛、打針，那才是大事啊！』」

我説：「你不捉就不捉吧，愁什麼？」

公爵説：「我當然不為這些鼠輩費心，可是我一聽到洗毛、打針，就覺得心悶。兆佳最近買了一套藥針回來説什麼實習，那支針是挺長挺長的。」

我安慰他説：「不管怎樣，你隨便解解悶吧。」

話剛落音，公爵就用口銜起了那半個漢堡包，下巴動了兩下就吃下肚子去了。然後他説：「這個東西倒頗能解悶，這是什麼？」

我説：「這是漢堡包，是我的午餐。」

他大吃一驚說:「我真做夢也想不到這是你的午餐!這麼一丁點,我飯後的點心還比它多呢!嘿,真真對不起!」

然後,他就搖搖擺擺地出去了。

冰冰這才走了出來,氣得連頸毛都豎了起來把公爵大罵了一頓。然後,又問我:「他說吃點心,點心是怎麼一回事?」

我很少吃點心,可是我不得不把點心誇張一番,鹹的比漢堡滋味,甜的比麵包,不,比冰淇淋、巧克力甘香,說呀說呀說得不斷吞口涎。於是,也就飽啦。

到了星期天,三寶帶我到兆佳家裏去了。兆佳已把公爵額前的留海剪短,露出來的再不是眉頭深鎖,而是眉開眼笑了。

不但公爵眉開眼笑,兆佳也眉開眼笑。他告訴三寶,最近家裏解決了一個大難題,老鼠沒有了。而且,他還要給三寶介紹一個捕鼠能手,管*叫三寶羨慕不已。

於是他大叫一聲「小虎」,一隻黃色的貓應聲而至。三寶果真吃了一驚,說:「這不是我家的冰冰麼?」

---

＊管:這裏指一定、肯定的意思。

我也認識這就是冰冰。可是，三寶叫她冰冰，她不來，兆佳叫她「小虎」，她就威風凜凜，胡胡發聲地走過去，吃兆佳給她的點心。

兆佳介紹這「小虎」怎麼自告奮勇的到來，給他捉老鼠，而又成為他的寵物。她表現那麼勇敢，這才叫她做小虎，而且讓她和公爵在一個盤裏吃點心。

三寶只好說，物有相同，他也有這樣可愛的一隻小貓冰冰啊。

晚上，冰冰回家睡覺的時候，我責怪她說：「三寶對你這麼好，你卻這麼狡猾，一個寵物怎可以有兩家的主人呢？」

冰冰分辯說：「我並不是有兩個家，只不過這裏才是我心愛的家，那邊是我辦公的地方，貓總得捉老鼠的呀。」

我說：「你要幫兆佳捉老鼠，就讓兆佳知道你是三寶的貓，有何不可呢？」

冰冰說：「狗哥哥，你只會看守一個門口，我卻會飛簷走壁，穿家過戶，比你多見世面，熟悉人情的。如果你是別家的寵物，人們還會對你那麼憐惜麼？」

對於這樣牙尖嘴利的動物，我實在奈他沒何！貓總是行蹤飄忽的，誰管得着呢！

　　又過了不久，三寶興沖沖地從外面回來，他收到了一張很美麗的卡片，是上學期的班主任喬老師寄來的。她請他和兆佳星期天下午到她家裏開生日會。

　　第二天就是星期天了。三寶到市場買了兩條閃閃發光的金魚，放在魚缸裏，準備送給喬老師。出門的時候，兆佳匆匆忙忙地趕來，他說下午恰好是他的獸醫班上課，不好告假，託三寶將一盒親手配的由甲*藥餌給喬老師。

　　我跟三寶到了喬老師家，有好幾個同學也來了，都是臉上紅撲撲的，像進入了溫室的花朵一樣，喬老師微笑地接待我們。她接過金魚缸，高興地欣賞了一番，跟着，又揭開了兆佳送給她那盒由甲藥餌，稱讚說：「這藥餌真香，連人聞了也流口水啊！」

　　然後，大家都坐定了，喬老師又用她那溫柔的聲音說：「我今天請大家來參加這生日會，是很有意義的。這不但是我的生日，還是我的孩子的生日……唔，你們一定很奇怪，為什麼我忽然會有一個孩子呢，讓我把這故事告訴你們吧。」

　　她的聲音更溫柔了。她說：「一個星期之前，我還是那麼孤清清的。晚上，我一個人在牀上讀着《木偶奇遇

*由甲：蟑螂。現在一般寫作「甴曱」。

53

記》，月光從窗外照到我的書上，我到窗前向天上望着，月光淡淡，繁星點點，我就誠懇地禱告，希望有一個孩子陪着我。忽然這時，我聽到一陣飛翼的振動聲，把我嚇得一跳⋯⋯」

一個孩子就打斷她：「那一定是天使了！」

喬老師說：「不！那是由甲，我最害怕的由甲呀！」

一個女同學害怕地掩着面：「啊呀！魔鬼！」

喬老師說：「是的，當時我也這樣想呢。禱告怎麼招來了一個魔鬼！不過，後來，奇跡突然出現，天上降下了一隻小黃貓，把由甲捉住了！這是真正的天使！把魔鬼從我身邊趕跑！她還依依不捨地挨着我，我想，她就是從星空裏下來陪伴我的，我的美夢成真了！」

她的說話越來越充滿了感情：「這可愛的小貓不就是

我的小女兒嗎？我讓她也姓喬，取個名字叫『嬌嬌』。她又聰明又會耍把戲，和她生活在一起可真快樂！我不知她什麼時候出生，恰巧今天是我的生日，我也把她的生日安排在今天，一起慶祝我的美夢成真啊！」

同學們都聽得入了迷。喬老師把一個大蛋糕擺在桌上，又把一個小小的圓餡餅擺放旁邊。喬老師一叫「嬌嬌出來」，一隻尾巴上紮着粉紅絲帶的小黃貓，就跑了出來。

三寶禁不住叫了一聲：「冰冰！」

冰冰可不理三寶，一跳跳到喬老師的懷裏。

喬老師說：「嬌嬌，表演給嘉賓看！」

那小黃貓便團團轉地追着自己尾巴上的絲帶。

喬老師拋出一個球，說：「嬌嬌接球！」小黃貓就跳過去，用爪子把球抓來抓去。

同學們都哈哈大笑。其實這些玩意三寶常常在家裏逗着冰冰玩的，三寶禁不住又叫了一聲：「冰冰！」

冰冰還是不理睬三寶，三寶看她，她裝做看不見，只顧用眼睛向那金魚缸瞟着。

跟着，又是唱生日歌，又是切生日蛋糕了。喬老師把一個親手編的花環，給冰冰戴在頭上。黃色的毛配上了紫色的花環，冰冰更神氣了。

　　就在桌子下面，我提醒冰冰説：「冰冰，你太過分了。一個寵物三個主人。兆佳那邊是你的辦公室，這裏又是什麼呢？」

　　冰冰連眼都不眨就説：「是俱樂部唄，你一天到晚在家，知道世界上有種叫俱樂部的沒有？我就是要到這裏來散散心的。我是貓，貓最怕冷，三寶家哪有這樣暖和呀！不過，你別生氣，我還是要回家的。」

　　我説：「什麼時候？」

　　她説：「明天吧，今天是我的 happy birthday，還有很多東西吃呢！」

　　這樣，三寶又帶着我回家了。

　　冰冰沒有説謊，第二天她就回來，不過不是昨天那麼神采飛揚的樣子，她把花環攔在她的牀上後就到廳上來，眼睛紅紅的，「乞嗤，乞嗤」不斷地打着噴嚏。

　　三寶上了學，他媽媽在家，一看，説：「可憐的冰冰，晚上到了哪裏？着了涼，感冒了。來，我有些很靈驗的感冒藥『黃連喇叭露』，快來喝吧。」媽媽把冰冰抱起夾住，一匙羹一匙羹的把黃連喇叭露倒進她的嘴裏。冰冰喝得伸蹄伸爪，媽媽一放手，她就發出很可怕的怪叫，跑得無影無蹤了。

　　三寶下午放了學，回來找冰冰不見，她連漢堡包也不回來吃，這是從沒有見過的。三寶便對媽媽嘟着嘴說那黃連喇叭露把她嚇走了，以後都不回來了。

　　三寶真的非常着急，跳上跳下，望東望西。最後，他把我叫來，做了一個手勢，那就是叫我去找她，我是受過訓練的大偵探啊！

　　不消說，我第一個念頭就想到她一定去了那俱樂部。要叫三寶相信這話，我到冰冰的牀上，把冰冰留下來的紫色的花環放到三寶面前。我搖首擺尾，三寶搔頭動手，最後他明白了我的意思，就和我一起到喬老師那裏去。

　　喬老師打開門，果然我們看見冰冰在那裏。一個留着長鬍子的人正按着她，把很長很長的銀針在她身上插來插去，她發出了痛苦的呻吟，可是並沒有逃跑，可能她失掉逃跑的能力，也可能那長鬍子按得她太緊，她呻吟得越大聲，長鬍子就越點着頭說那針灸有效，還要再用一針呢！喬老師向我們解釋，她的嬌嬌昨天打碎了金魚缸，弄得全身濕透，今天就重感冒，所以請來一個針灸醫生給她針灸呢。

　　不過，冰冰的呻吟越來越可怕。三寶既不敢告訴喬老師早上她吃過黃連喇叭露，又不敢說那長鬍子的針灸沒有

效。他便向老師説：「喬老師，兆佳現在學獸醫，不如我把嬌嬌帶給他看看吧。」

喬老師這時也沒辦法了，説：「好，那你就帶她去吧！」她打開一個很精緻的籠子，讓嬌嬌躺進去，可憐的嬌嬌，比剛才更加沒神氣，連身上的毛都亂糟糟的。

我跟三寶到了兆佳家，兆佳一看就叫起來，説：「你們在哪裏找到了小虎？公爵還等她來吃點心呢！」

「你先聽一個故事吧！」於是三寶從頭到尾把冰冰、小虎和嬌嬌的事都説出來，最後説，「你快想辦法醫她，她吃過苦藥，受過針戳，病卻越來越嚴重了。」

兆佳以專家的眼光，看看冰冰的頭頭尾尾，説：「你們都錯了！她不是感冒，是中毒！她這饞嘴鬼，一定是把我送給喬老師的由甲藥餌都吃了！」

三寶緊張起來，説：「怎麼辦？」

兆佳説：「我這裏有解藥，幸虧你們來得及時！讓我給她注射些藥吧！」兆佳從藥箱裏拿出一枝針筒，有小孩的手臂那麼粗，冰冰一見就大嚷起來，兆佳説：「你怕什麼？你是小虎，不是嬌嬌呀！」

於是兆佳就把針筒插到小貓的身上。她一忽兒像小虎那樣呲牙舞爪，一忽兒又像嬌嬌那麼哭哭啼啼。這一個晚

上，兆佳還得把她留在家裏觀察。冰冰對我哭着說：「你回到那快樂的家去吧，這不是辦公室，是醫院了。」

冰冰兩天就恢復了。三寶和兆佳商量，還是當她是嬌嬌送回喬老師那裏去。因為喬老師的美夢既然實現了，誰也不願意將它打破。

這天，吃過了午飯，兆佳和三寶，帶上了公爵和我，以及坐在籠子裏的嬌嬌，加上兩個紙盒，組成浩浩蕩蕩的隊伍，到了喬老師的家裏。然後，從籠子裏放出了嬌嬌，再從一個盒子裏拿出漢堡包，一個盒子裏拿出點心。他們對喬老師說：「這都是嬌嬌愛吃的，嬌嬌吃得好，以後就不會再偷金魚、偷甲由藥吃。以後，我們會常常來看她，把漢堡包和點心帶給她吃的。」

於是，喬老師就瞇着眼睛看她這兩個心愛的學生，又看看公爵和我，說：「你們真好，以後我一定要弄很多好吃的東西給嬌嬌吃，你們也把公爵和邦邦帶來，昨天我看見他們也挺愛吃餡餅和蛋糕的呢！」

喬老師又把嬌嬌抱在懷裏，瞇着眼睛，疼愛地看着她。嬌嬌對我說：「邦邦，我穿家過戶，世面見得多，現在才知道，人們對別人的寵物也那樣憐愛的。」在她的兩條線的眼珠裏，我看到裏面的眼淚像一串珠子在閃着光呢。

# 5. 電視明星邦邦

這天下午，無聊得很，因為三寶昨天去露營了，要到晚上才回來，再沒人跟我玩了。這時，我發現窗外有一對綠中帶紅的眼睛在望着我。無疑那是嬌嬌，她為什麼來看我，又為什麼那麼傷心呢？

我不等她跳進來，就跳出去看她，她也沒有等我開口，就咪嗚咪嗚地說：「真煩死人了！」

我說：「什麼事？喬老師決不會惹惱你的。」

她說：「喬老師不會，可喬老師的學生會呀。你記得她的生日會那天，那個嬌聲嬌氣的瑪利沒有？她還是你們三寶的同班同學呢。」

我抱歉地說：「我記不起了。那天房子裏充滿了好味道的東西，我哪有空特別去聞她？是她打了你嗎？」

嬌嬌哼了一聲說：「她敢？她還常常逗我玩，怕我不親近她呢。」

接着，她氣憤憤地說下去：「那天我在院子裏散步，看見一個金毛頭的女孩子在門口逗我，我不理她。她伸出手撩我，我就用爪子抓她。哪知道她卻嚷起來：『嬌嬌這糊塗傢伙，我是瑪利啊！』我仍然保持着十二分的警惕，

瑪利明明是黑頭髮的，怎麼變成現在這怪樣子。這一來那瑪利更撒嬌撒癡了。她說：『你不知道潮流興染髮嗎！今天我染了金頭髮，我就是瑪利金，金瑪利；明天染了黃的就是黃瑪利；染了白的就是白瑪利；染了藍的就是藍瑪利。嬌嬌，你也跟我一起染毛毛，一起改姓，一起拍照留念好了，先叫金嬌嬌，跟着叫黃嬌嬌，白嬌嬌。不！下次我就染紅的。不過沒人姓紅，紅就是朱，我叫朱瑪利，你叫朱嬌嬌好了。』」

我說：「百變嬌嬌，總比百厭嬌嬌好吧？」

嬌嬌大哼起來，說：「我才不想做豬嬌嬌，我最討厭豬頭炳一族的。」

我不想侮辱任何一族，便輕輕說：「豬八戒名垂千古，豬小姐是時代的明星，還不錯吧？」

嬌嬌就氣得把全身的毛都豎起來，張牙舞爪，像做小虎時那個威勢，說：「貓是與獅子老虎同族的，你知道嗎？為了避免一切恥辱，我來了一個重要的決定——離家出走！」

我嚇了一跳，說：「這可真是一個重要的決定啊！」

她說：「當然是一個重要的決定，我把你也計算在內，跟我一起離家出走！」

　　這一嚇更利害了。我說：「我可沒有人迫我染毛毛、扮豬豬呀，三寶對我又那麼好！」

　　嬌嬌說：「你真是傻瓜，你以為喬老師就對我不好麼？」

　　我說：「既然你知道，為什麼還要離家出走呢？」

　　嬌嬌說：「這問題很簡單，連傻瓜也會回答。我天天聽喬老師唸報紙，常常有孩子離家出走，你以為他們的爸爸媽媽都不愛他們嗎？」

　　我說：「不……大概都像喬老師對你，三寶對我那樣吧？」

　　嬌嬌把眼睛一眨，說：「你倒不必先下結論，他們對我們愛得真、愛得假，愛得深、愛得淺，都要經過我們離家出走才能考驗出來。看他們急不急，找不找，這是一場嚴峻的考驗。」

　　我說：「萬一我們跑遠了，他們找不着呢？」

　　嬌嬌說：「那才用不着擔心，我聽喬老師說過，地球是圓的，怎樣走都可以回到原來的地方。就是我們向東走，他們向西追也可以在半路上迎頭碰上的。何況，還有別的人也會幫忙找呢！」

　　「誰？」我說。

嬌嬌説：「你沒有聽説過，香港總督的小狗忌廉出外蹓躂不見了，十多天後人們就給他送回來，成了頭條新聞嗎？美國總統克林頓的貓失了蹤，上了政府公報，人們也把他送回白宮，全美國人都知道美國第一貓的名字呢。我倆如果環遊了地球回來，必然成為香港第一貓和第一狗，喬老師和三寶都會引以為榮呀！」

我抓了抓頭説：「我們叫公爵也一起參加我們離家出走，讓他也考驗考驗兆佳吧！」

嬌嬌説：「看你説到那裏去了？你忘記了公爵是牧羊犬，從祖宗十八代起，都專責管住逃亡的四條腿動物的。有了他，我們哪裏也不用去了，快跟我跑吧！」

我説：「如果我不跟你跑呢？」

她説：「那我就一輩子也不回來了。因為這裏再沒有理解我的人了。」

她這麼説，我還有什麼辦法呢，我總是男人老狗嘛！

説走就走，離開了院子，嬌嬌在前面引路。街上車多人也多，我們在車輪後面、人腳中間，轉來轉去，最後就到了碼頭。嬌嬌堅持要上船，因為她的遠大目標是環遊世界。

我説：「嬌嬌，要搭船我們沒有船票，而且，在這裏

我沒看見貓呀狗呀上船的。」

嬌嬌說：「凡事得動動腦筋。你看我的，我怎樣做你就怎樣做。」

我等着等着，一會兒，一個女人推着一部嬰兒車走過來。那嬰兒手抱着一隻黃色的玩具熊。嬌嬌發命令說：「你跳到車的後隔去。」她趁着那年輕的媽媽不注意，一縱身就跳到嬰兒車上，她頭上有根絲帶，看起來真像玩具。我呢，也立即跳上車子後隔，那裏有一條毛巾，也跟我的毛色差不多。

那女人毫不察覺，那收票員也毫不察覺，我們就順利地上了船了。

船緩緩地離岸，這時我才感到香港是多麼的美麗，水那麼湛藍，山那麼青秀，樓房高聳得那麼有趣，啊，這一去什麼時候才能回來，三寶什麼時候才來找我？我越多看一眼就越想哭，越想哭就越眼睏，不知不覺就睡着了。

不知過了多少時候，那嬰兒車一顛一簸地搖晃起來，把我搖醒了。原來我已到了岸上。

「喵！跳！」嬌嬌從車上斷喝一聲，我便應聲跳下車來，穿過了人羣，跟着嬌嬌往前跑去。

這是哪裏呢？香港的摩天大廈，沒有了！香港交通繁

忙的馬路，沒有了！我抬頭一望，到處是綠色的山，遮掩着各種顏色的屋子。在路上，也有許多像香港那樣穿着五顏六色衣服的人，但是他們走起路來慢條斯理，優哉遊哉，好像我們那樣，初來似的東張西望。我問嬌嬌：「這是什麼地方，究竟我睡了多久了？」

嬌嬌説：「你這貪睡鬼，睡了多久還問我！總之，你不動時船在動，我們已到了外國了。」

「外國？」我嚇了一跳，「哪一國？」

嬌嬌説：「剛才聽人們説，這是南亞洲。」

我這一嚇更非同小可：「嬌嬌，怎麼辦？如果是東方或西方，那麼繞地球一轉還好，但是從南到北，就要經過南極、北極，三寶他們怎麼會碰見我們呢？」

嬌嬌卻毫不在乎，她的眼睛注視前面一間餐廳，説：「反正這裏也是好地方，我要到那餐廳嘗嘗這南亞洲的風味小吃了。你難道就不餓嗎，慢慢跟着來吧。」她頭也不回地就向前跑了。

路上走向餐廳的人也多着哩。黃皮膚、白皮膚、棕黑皮膚的都有，眼睛、頭髮也是各種深深淺淺的顏色。我看見有一個紅頭髮的女孩子，臉色青青的，大概也像我一樣餓得慌吧。她怯怯地走近那些遊人身邊，低聲地説：「我

肚子很餓，又丟了船錢，請幫個忙！」那些好心人有的給她一點錢，從餐廳出來的人，還給她一些點心。

我還看見在遠處角落裏躲着一個女人，用陰狠的眼睛盯着這個紅頭髮小姑娘，小姑娘每收了三次錢，就交到她手上。她連那些收來的點心也不讓小姑娘吃呢。

我覺得非常氣憤，男人老狗的氣概又出來了，就緊緊跟着那小姑娘，到那女人伸手向她要錢的時候，我撲上去咬了那女人一口，還向她大吠起來。那壞女人舉起手正想打我，這時，在我後面忽然響起了嗚嗚的汽車喇叭聲，那壞女人便放下手，拉起那女孩子就往後跑，那女孩子急忙地把手裏一個漢堡包塞到我的嘴裏。我回頭一看，原來汽車已停下來，跳下了幾個穿制服的警察。那女人準是壞蛋，要不，為什麼跑得那麼快呢？

我高興極了，正要迎上前去，忽然，看見嬌嬌在後面大叫着：「快跑！快跑！捉狗隊來了！」

我才恍然大悟，嬌嬌比我，比那女人還要醒目，原來他們不是抓人的警察，是抓狗的警察啊！

有捉狗隊的地方就有狗，跑的不只我一隻，可我總不是跑得最後的一隻。跑呀跑的過了三個路口，我忽然發現一件不可想像的事，在前列中間，我居然看見公爵也在裏

面。公爵也非常意外地發現了我，叫我說：「快跟我來！」到了拐角，他一個迴旋，進入岔道，我跟着他，脫離了被追捕的大隊了。

我站定了，那無所不在的嬌嬌也跟上來了。我喘定氣才問公爵：「你也是……離家……出走的？」

公爵昂然回答：「什麼？離家出走？有離家出走的就有我！」

我聽得莫名其妙。嬌嬌便問他：「你現在和誰在一起呢？」

公爵說：「當然是兆佳和三寶唄。」

嬌嬌這時樂不可支了：「哈！哈！哈！全世界都離家出走，將來不知道誰是香港第一貓，香港第一狗和香港第一人呢？」

公爵大概弄不清她說什麼，瞪着眼睛望着她。我不管什麼，催促着公爵：「快快帶我去見三寶吧！」

公爵還是瞪着眼睛，嬌嬌卻對我說：「邦邦，你嘴巴裏塞着漢堡包，所以他聽不清楚呀。」她眼睛閃閃發光，彷彿回憶着她和我分吃漢堡包的日子。

但是我卻嚴肅的咕嚕咕嚕地說：「漢堡包不能給你，等見到三寶再說。」

這樣，公爵就領着嬌嬌和我往前走，一直走上一個大草地。許多小學生在上面玩，他們正在拆營幕。

兩個學生背向着我們，一面收拾東西，一面説話。

一個説：「公爵去了這麼久還不回來。」

一個説：「我真後悔不把邦邦帶來，他在的話，什麼事情都可以解決了。傻狗自有傻辦法！」

還用説，這不是兆佳和三寶還有誰？我問公爵：「你們繞過了北極還是南極到這裏來的？」

公爵説：「你怎麼咕嚕咕嚕，糊里糊塗！什麼北極南極！這就是香港的南丫島，兆佳和三寶到這裏來露營的，怎麼就忘了呀？」

我飛也似的跑到三寶的面前，抱着他的膝頭，把漢堡包交到他的手上。

這時，嬌嬌就在後面叫着：「喵！喵！漢堡包！漢堡包！喵！喵！喵！捉狗隊！捉狗隊！」

我回頭一看，捉狗隊果然開着汽車跟上來了。當中一個跳下來，説：「抓住這隻流浪狗，他還偷了漢堡包呢！」

但是三寶卻攔住他説：「別動他！別動他！他不是流浪狗，他是我的狗，我的偵探狗。你們快來看這個。」他把漢堡包裏面一張紙遞給他們，上面寫着幾個大字：SOS

Mary。

　　三寶解釋說：「瑪利原來準備和大家一起到這裏露營的。因為她媽媽不許她再染頭髮，就發脾氣離家出走了。她現在肯定是遇到了危險，你們看。大偵探狗小邦邦把她寫的求救信帶來了。」

　　救人要緊，捉狗隊的警察馬上讓三寶和我上了車，開到他們最初遇見我的地方。我就用鼻子嗅着嗅着，跟着那紅頭髮的氣味一直找到半山上一間破房子裏，找到了瑪利和那個壞女人了。三寶見到瑪利染紅了頭髮，好一會才把她認出來呢。

　　我們一起到了警署，連總督察也親自出來過問這件事。瑪利便對大家說出走後的經過。她遇到了這個壞女人，壞女人知道她因為媽媽不給染紅頭髮而出走，就甜言蜜語說可以給她到理髮店裏染紅頭髮，那知道，頭髮一染紅了，那女人就露出她的猙獰面目，把她帶到南丫島，迫她向路人乞錢和討吃的了。她邊說邊揩眼淚，把警署飯堂的紙巾都用完了。

　　那壞女人就被警察留在警署裏。帶隊露營的老師也就把我們接回營地去。營幕都已收拾好，我們全體都像凱旋一樣上船了。

在船上，兆佳得意洋洋地說：「幸虧我把公爵帶來，他是有那管理動物的高貴傳統的。」

三寶也很滿意，說：「幸虧邦邦自己會找到這裏來，這正是我最想念他的時候呀！」三寶對我就像對自己一樣，不喜歡自吹自擂。他那麼愛我，也就夠了，我早知道他不需要什麼考驗的。

這時已是夜晚了，香港的夜色比白天更美麗。青色的山都變了神秘的黑影，所有的小島都在燈火下熠熠發光，一排排的電燈，像掛在海上一張張鑲滿了明珠的簾子。

當我欣賞着海上的美景時，船慢慢停住，要靠岸了，南丫島到香港只有 45 分鐘的路程啊！

不過，一上了岸，碼頭上那個電視屏幕上，卻出現了一個大標題：「香港第一狗的故事」。我一看，原來説的竟是我呢！

屏幕上跟着又出現了一張全家福的影像，除了全營的同學就是公爵、嬌嬌和我。最後，還出現了我的特寫鏡頭。

一出碼頭，迎接我們的是瑪利的爸爸媽媽和喬老師，他們是聽了電視台廣播之後來接我們的。瑪利當然一頭撲到媽媽的身上，哭着，發誓説她以後都不離家出走，也不要求染髮了。

嬌嬌也撲到喬老師的身上。她非常幸福地對我喵喵叫着，因為她覺得喬老師已經接受了考驗，而且，她永遠不會變為豬嬌嬌了。最後，她意味深長地對我眨眨眼睛，表示我們之間，永遠保持這次離家出走的秘密。雖然她可惜自己不能成為香港第一貓，但畢竟也當過一回銀幕明星貓了。

---

**作者補誌：**

這些故事説的都是真事。有些是孩子們親口告訴我，有些是我在孩子時的經歷。

第一個故事，小狗上學堂，是 20 世紀 40 年代的事了。

那時我辦《新兒童》半月刊，一個小讀者把小狗跟他上學堂的事告訴我，我就把它寫了下來。

小狗、鞋子和公爵都是我家的事。我爸爸年輕時在日本讀書，下雪天，客人來家，他那頑皮的小狗便把客人脫下的鞋子叼到雪裏埋起來。牠又是近視的，有人在街上蹲下來，脫了木屐把碎雪敲出來時，牠把人誤作石頭，便……

至於貓呢？我家沒有養貓，鄰近的貓常常來偷吃，爸爸和我並不感到討厭，還擺放一個吃盤招待牠們。許多貓都來了，人家叫我家做貓餐室。

當中，有一隻貓可能吃出良心來了。忽然有一天，牠拖了一隻血淋淋的老鼠來，表示沒有白吃我們的飯。然後差不多每隔一兩天都叼一隻來，把左鄰右里的老鼠都捉光了。牠捉了必大叫幾聲，叫我們出來看，張牙舞爪的樣子，活像一隻小老虎。但是我們希望牠是一隻柔順的小貓咪，這樣會逗人愛些，於是就千方百計地幫牠改變形象。這就是百變貓的原型。

我並不想做貓狗的代言人，通過狗的嘴來說故事，只是想告訴那些愛聽故事的小朋友，動物也有人性，牠們是人類的好朋友；還想告訴那些想寫故事的小朋友，真事也可寫成好聽的故事，就像砌積木一樣，砌出來的模型會比一塊塊木頭好看得多！

# 恐龍蛋的夢

一艘很大的貨船停泊在非洲的一個口岸，準備第二天就要啟航了。船上有很多長而大的貨櫃，載着奇異的貨物，要到美洲執行一個不平凡的任務。

船上的廚師叫「智多星」，很年青，他有一隻鸚鵡，叫「智多鸚」，很聰明。人人都說智多星辦事利落，頭腦聰明，其實，智多星的聰明都是從他的鸚鵡智多鸚那裏來。

智多星準備明天開船後給大家煎荷包蛋做早餐，於是他利利落落地從貨物裏提了一大紙箱的蛋回到房間。他看清楚紙箱上寫的是很大的「蛋」字，便安心地呼呼入睡了。

智多星睡覺時兩隻眼睛都閉上，可是那智多鸚卻兩隻眼睛輪流睡，兩隻耳朵輪流聽，這時他忽然聽到紙箱裏有沙沙作響的聲音。智多鸚便說：「蛋啊蛋，明天你就是荷包蛋了，動來動去幹什麼？

箱子裏回答他：「我是蛋，我不做荷包蛋！」

鸚鵡說：「你既然是蛋，明天就得變成荷包蛋，你想不變，除非你是化石。」

箱子裏又回答他：「我就是恐龍蛋化石。當我的腦子剛剛形成，剛剛在做着夢的時候，就遇到我們恐龍種族大滅絕，死的死，化石的化石了。只有夢不會死也不會化石，因此，我化石了多年，頭腦還繼續在做夢，我有一個感覺，今天也許我的夢境會成真呢。」

鸚鵡用嘴把紙箱揭開，果然看見了一個很大的恐龍蛋。

鸚鵡説：「請問，你是屬於哪一類恐龍呀？」

恐龍蛋説：「這也正是我要知道的。我要夢境實現，關鍵也在這裏，我沒生出來就被禁錮了，哪知道我屬於哪一類呢！」

鸚鵡多年來遊覽五洲四海，見聞廣博，便擺出一個學者的風度來，説：「那你就得尋根了。水有源，樹有根，

你的根就是你的祖宗。真巧,你的祖宗就在我們這船上。你知道船上貨櫃載的什麼貨?就是恐龍的化石。我們要到美洲開一個大型展覽會。你要尋找怎樣的根,我給你找出來吧!」

恐龍蛋說:「那你就給我找最大最大那一種吧。每個貨櫃都一樣大,你能找得出來麼?」

鸚鵡笑了一下說:「恐龍蛋老弟,這是你做夢也想不到的事,有一種腦筋,比你的化石腦袋,比我的活腦袋更為聰明,這就是電腦,它會把答案告訴我們的。」

於是,他撳了一下桌子上的電腦按鈕,電腦的屏幕上出現了一行大字和一些小字,大字寫的是:暴龍,意思是暴君蜥蜴。

鸚鵡一面看那些小字,一面給恐龍蛋介紹:「暴龍是恐龍中的巨無霸。身長十米以上,重量超過一百噸,站起來有兩層洋樓那麼高。牠們有吃肉的,有吃素的。捕鼠時舞弄手掌的聲威,也可以把其他的恐龍嚇跑,這樣的祖宗,夠高大威猛了吧?」

恐龍蛋想了一想,說:「大是夠大了。不過,大笨,大笨,大常常和笨連在一起的,暴龍笨嗎?」

鸚鵡又看電腦,說:「暴龍本來很威猛的,但是身體

越來越重，行動越來越不便，最後只能吃一些蟲子和其他恐龍的屍體了。」

恐龍蛋説：「那麼，沒有其他威風凜凜的恐龍麼？」

鸚鵡又按電腦，屏幕出現了一隻很特異的恐龍，身上像披了一件特異的盔甲，從頸部到尾巴，排着兩行三角的板塊，有的板塊大得像車輪一樣，尾巴還有一束刺，像是一束利劍，樣子使人望而生畏。鸚鵡説：「這就是劍龍，夠威風了吧？」

恐龍蛋抬頭一望，這劍龍的頭多小啊！鸚鵡讀出她的腦的重量，只有一百克左右，是體重的二十五萬分之一。他便問鸚鵡：「你的主人智多星的腦子多重呢？」

鸚鵡説：「人的腦子和身體的比重是 1 比 50。」

恐龍蛋就説：「我不做劍龍的兒子了！有了劍龍的頭腦就一定做不成智多星的。那麼，也有像你一樣的恐龍麼？」

鸚鵡説：「有！有！有！這裏就有一種叫鸚鵡龍的，身長跟人差不多，重量只有二十多公斤，有一個像我那樣彎曲的嘴巴。」

「那麼，牠的嘴巴也像你那麼會説話嗎？」

「哦，牠不會説話，牠嘴巴裏有舌頭，可以把野果轉

來轉去……」

話還沒說完，恐龍蛋就打斷他：「夠了！夠了！有沒有能飛天的恐龍呢？」

鸚鵡有點不耐煩了，可他還保持一個智者的風度，連續介紹電腦的資料：「在沒有鳥類出現之前，恐龍中的翼龍是空中的主宰，滿天飛翔，不過，他們的翅膀沒有羽毛。」

恐龍蛋說：「那就像一隻蝙蝠了？」

鸚鵡說：「是的，他們就用這翅膀滑翔呢。」

恐龍蛋說：「連一飛沖天的本領也沒有嗎？這算什麼鳥？」

鸚鵡雖然長期住在船上，聽慣了水手粗豪，可沒有聽到過有人這樣說自己的娘親。鸚鵡很生氣，轉過頭不再理睬恐龍蛋。

正在這時，門外忽然響起了急急的敲門聲：「篤，篤，篤……」

鸚鵡問：「你是誰？為什麼半夜裏敲門？」

外面那聲音更急：「快開門，讓我進來，我要找我的孩子。」

鸚鵡說：「哼！你一定是個偷渡的，想躲進來。喂，

你買了船票沒有？」

「沒有！沒有！你們綁架了我的孩子，我聽到了孩子在找媽媽的聲音，我一定要找到他，你不開門我就衝！」

恐龍蛋心裏想：「好了！恐龍媽媽找上門來了！她是怎樣的媽媽呢？」

這媽媽好厲害啊！蓬！蓬！蓬！像地動山搖，門被撞開了！噠！噠！噠！像雷鳴電閃，她快步如飛到了那箱子面前！嘶！嘶！嘶！紙箱被撕開了！「噯！噯！噯！孩子快出來，媽媽來了！」那震耳的音波把箱子裏的蛋都攪動了。

恐龍蛋一看，啊呀，那是怎樣的一隻動物呀！她來勢洶洶，卻只不過是一隻比人還矮的鳥；嗓音很大，但脖子卻又細又長。説是龍，沒有半點相似之處，説是鳥，翅膀又小得可憐。恐龍蛋恐懼地説：「你不是我的媽媽！」

但是那媽媽可不管，嘴裏一面叫着：「孩子，媽媽來了！」就把頭伸到箱子裏。

就在「媽媽來了」的呼聲中，箱子裏另一個蛋發出了「篤！篤！篤」的應聲，跟着就是「媽媽喲」一個奶聲奶氣的叫聲。一個蛋裂開了，一個小動物把腦袋伸出來，可他不是小恐龍，是一雙大眼睛、尖嘴巴，就像他媽媽一樣

的怪鳥。媽媽一看見他，立刻叫了起來：「我的好寶貝！」那粗嘎的聲音，一下子變得像搖籃曲一樣，溫柔而有韻味。

鸚鵡便飛下來向她打招呼：「鴕鳥太太！」他又悄悄告訴恐龍蛋說：「鴕鳥跟你們恐龍無關，她是只會跑不會飛的鳥。」

鴕鳥太太還在用那充滿柔情的聲音叫着：「我的好寶貝！」

剛才地動山搖的聲音都吵不醒的廚師智多星，竟給這甜滋滋的聲音叫醒了。他睡眼惺忪地走到那紙箱旁邊，因為他在做着夢，夢到媽媽在呼喚他。

他走到蛋箱旁邊的時候，便覺得從一個夢境走到另一個夢境。這些明天就要變成荷包蛋的蛋，為什麼變了樣呢？他便大叫說：「智多鸚，這是誰搞的蛋？」

鸚鵡說：「就是因為你是一個糊塗蛋！」

恐龍蛋說：「你把我帶到不該來的地方了！」

鴕鳥母子說：「智多星先生，請你幫幫忙。把我們母子送回家吧！」

智多星這時真的睡意全無了。他便求鸚鵡說：「你快想辦法吧！」

鸚鵡說：「這可真是麻煩事，還是找電腦幫忙吧！」

智多星説：「電腦只會儲存資料，提供資料，不會解決問題的！」他感到束手無策，只能大叫：「麻煩！麻煩！真麻煩！」叫得那麼響，連鸚鵡也吃了一驚，因為，只有鸚鵡重複人的話，現在他卻重複了鸚鵡的話呢！

可是，奇怪的事情出現了！他叫得那麼響，電腦竟然感應了，在屏幕上出現了「恐龍的麻煩」幾個字。鸚鵡便叫着：「辦法來了，快看看吧！」

可是繼續在電腦上出現的字卻是遙遠遙遠的事情：骨頭戰爭，恐龍化石成了有利可圖的奇貨，1877 年在美國洛杉磯山腳發現了恐龍化石，兩個化石搜集家為了爭奪這些化石，爆發了一場真槍實炮的戰爭。

智多星歎了一口氣説：「真是牛頭不對馬嘴！」

跟着，電腦又出現了另一行字：「由於恐龍蛋化石很值錢，最近有些不法之徒，偽造……」智多星搖搖頭，索性把電腦關了。

鸚鵡卻大叫説：「謝謝電腦，給我們解決了難題啦！」

智多星説：「你説什麼？」

鸚鵡説：「它不是已告訴你，這隻鴕鳥蛋就是人們拿來冒充恐龍蛋化石的嗎？應該謝謝鴕鳥太太，她到這裏來把這騙局戳穿了呢！」

智多星恍然大悟：「對了！現在我就去報告船長。為了報答鴕鳥太太，他一定在開船之前就把鴕鳥太太和她的寶貝兒子都送上岸的。」

恐龍悄悄地問小鴕鳥說：「小弟弟，你真的認為她是你的媽媽嗎？」

小鴕鳥說：「當然啦！你看她多愛我，千辛萬苦都來找我。」

恐龍蛋說：「她有什麼出色的地方值得你驕傲呢？」

小鴕鳥還沒有回答，智多星已把船長請來了。船長手上拿着兩顆金星，滿臉高興地說：「我要獎勵兩個人，他們破獲了把鴕鳥蛋冒充恐龍蛋的陰謀，立了大功。一個是智多星，一個是鴕鳥。」

小鴕鳥很得意地對恐龍蛋說：「我的媽媽不是很出色麼？」

鴕鳥太太把金星套在小鴕鳥的脖子上，說：「讓我的寶貝戴上這金星吧！不是因為他，我不會找到船上來的。」

小鴕鳥又悄悄地在恐龍蛋耳邊說：「就因為愛她的寶寶，每個媽媽都是很出色的。你不要對媽媽諸多挑剔了吧！」

船長叫人連夜把鴕鳥太太和小鴕鳥送回非洲沙漠去。

第二天，船就依期啟航，船上的搭客都吃上了香噴噴的荷包蛋做早餐。

一星期之後，一個規模很大的恐龍化石展覽會在美國某地展開了。有一個場地非常引人矚目，場上掛着「快樂的家庭」的牌子。一隻叫慈母龍的恐龍正在孵着幾隻恐龍蛋。這些蛋中就有我們認識的那一個恐龍蛋化石。

慈母龍既不是巨無霸，也不是渾身長刺，她腦袋不大，嘴巴扁扁的貌不驚人，可是她滿臉仁慈，孵在蛋上有一種幸福感，好像這些蛋很值得她驕傲似的。

恐龍蛋化石覺得他已經夢想成真，他活在媽媽的偉大的幻想裏，他也同樣以有這樣一個媽媽而驕傲。

# 熊貓丁丁和竹子

大熊貓丁丁出生了。

丁丁很小，小到她自己也不相信，她既不「大」，也不像龐然大物的大「熊」，唉，她連一隻剛出生的小「貓」也不如，媽媽的手掌就可以做她的搖牀了。

丁丁一張開眼的時候，就覺得整個世界都是綠色的。媽媽嘴裏咀嚼着的是青綠青綠的竹子，圍繞在她們周圍的都是竹子，竹子遮住了半邊天，竹子鋪滿了大地。

篤！一個綠色的小尖角從地下冒出頭來。

小的東西愛小的東西，丁丁便問他說：「小東西，你是誰？」

那小尖角說：「我是竹子。那麼，小東西，你又是誰？」

丁丁說：「我是大熊貓！可你怎麼會是竹子呢？竹子都是頂天立地的。」

那小竹子說：「那你怎麼會是大熊貓呢？大熊貓那會像你那麼一丁丁點小。」

丁丁說：「我現在一丁丁點小，我長起來就會像我媽媽那麼威的。」

小竹子也說：「我現在挨着地，長起來就要撐着天⋯」他的話沒說完就給上面掉下來的竹籜蓋住了。

大熊貓媽媽說：「丁丁，你在跟誰說話呀？」

丁丁說：「我是跟一個尖尖的小東西說話，他說自己是竹子，可是他卻沒有葉子。」

媽媽說：「這就是竹筍，是竹子的小寶寶，就像你是我的小寶寶，不過你身上的毛還沒有長出來罷了。」

丁丁說：「媽媽，可是這小竹子卻叫我小東西呢。」

媽媽說：「小東西有什麼不好，大東西不都是從小東西長起來的嗎？不過，大東西也沒什麼了不起，獅子、老虎、大熊都是我們的親戚啊。」

丁丁說：「那麼我們為什麼不像他們那麼威猛呢？」

媽媽說：「說來話長。很古很古的時候，獅子、老虎、熊、貓和我們的祖先熊貓都是一家，都是那麼威猛的。我們的祖先，想霸佔山頭，就趕走別人，要吃東西，就打倒別人，爪、牙、手、腳，全身都是武器。那時世界就像漂浮在海上的一塊大地，海上升起了滔天大浪，火山噴出了烈燄，野獸和野獸打架，天和地也在打架。

「後來，就出現了人類，他們一來就分佔我們的地，吃我們要吃的肉。看見了人，我的一個親戚就說：『我看人類最能幹，他們天不怕，地不怕，我就跟着他們吧。』這就是貓，從此，野貓就變成家貓了。

「地球已變得五顏六色了。其他的獸類也就各自紛紛找出路，望着那白茫茫一片奔過去的熊變成了北極熊，望着那黑沉沉一片奔過去的是獅子、老虎、豺狼們……他們成了非洲森林的住客。我們的熊貓祖先則希望找到一片幸福和平的土地，他們千里迢迢的，成羣結隊跑到這裏來。只見山坡上林木蔥翠、芳草叢生，一千片、一萬片竹葉兒向他們招手，新出的竹筍發出美滋滋的香氣請他們嘗試，我們的祖先便高興地在這裏安了家。後來這裏也來了人類，他們對我們很友善，還給我們創造了很多生存的條件，我們熊貓家族就越來越興旺了。竹筍小寶會陪着你一起生長，現在都是小東西，將來，你是大熊貓，竹筍小寶也會加入大竹林的！」

這時，周圍響起了必必卜卜的聲音，這裏一下，那裏一下。小丁丁躲在媽媽的懷裏，問：「你們是誰呀？為什麼那麼響呢？」

聲音四面八方響起來：「我們是竹子，我們都在聽你

媽媽講故事，聽得好高興啊！」

大熊貓媽媽也對小丁丁說：「丁丁呀，那必必卜卜的聲音，就是竹子寶寶在拔節。他一個節一個節的往上長的啊！」

竹子寶寶也一齊叫起來：「丁丁，我們的祖先歡迎你的祖先，我們竹子寶寶也歡迎你這熊貓寶寶。」

又是一片悅耳的必必卜卜的聲音。

不過丁丁帶點擔心地問她的媽媽：「竹子這麼歡迎我們，可我們竟忍心把他們吃下去？」

這句話卻給竹子們聽到了，他們都大笑說：「丁丁！你弄錯了，我們竹子有很大的生命力，我們埋在地裏整片整片的生長，今天長出芽，明天就長成竹竿長成林，生枝發葉，你吃了這些枝葉我們又長出新的，我們熱愛生命，永不枯萎，我們要世世代代招待我們的好朋友。」

這樣，竹子和小丁丁一起長大起來，竹筍一節一節的拔高，成了一株筆直的小竹子。小丁丁也長出了黑的毛和白的毛，身上像披上了一件圖案美麗的外套，眼睛像戴了一個墨晶眼鏡，十分可愛。

丁丁很愛自己的家園，陽光下，蜜蜂、蝴蝶在吸花蜜，螞蟻兒在養他的奶牛蚜蟲，七星瓢蟲在捉迷藏。萬綠叢中，

隱藏着一星一星的紅、黃、橙和紫色，每樣色都代表着一種生命，生命就是那麼叫人熱愛啊！

當然，最興奮的就是人的來臨了。每到假日，小孩子和家人成羣結隊的到這裏來玩。他們不怕大熊貓，小丁丁也不躲着他們。有些學生還坐在草上寫生，畫紙上既畫了小丁丁，又畫了小丁丁拿着竹子，他們是以為小丁丁嘴饞呢？還是知道小丁丁是竹子的好朋友？

這些人對竹子的喜愛就更不用説了。老公公砍枝竹子作拐杖，老婆婆砍一紮竹枝來做掃帚，年青人砍竹枝做桌子、椅子和睡牀，小孩子砍竹枝做笛子。

丁丁羨慕地對竹子説：「我們熊貓能像你這樣對人類有用就好了！」

竹子説：「怎麼沒有？你們很多做得到的事情我們竹子就做不到。那天，那個寫生的學生留下了一本小書，上面有很多大熊貓的照片，你可以翻開來看看。」

丁丁打開那小冊子，大熊貓媽媽來看，大竹子也都低頭來看。嘻，小冊子上那些熊貓多麼神氣，會玩皮球，會踩單車，還會爬滑梯，成千上百小朋友看得拍着手，咧開嘴巴呢。

另外，也有一些大熊貓坐到飛機上，飛上天去了！

竹子説:「丁丁,有一天,你也會這樣大受歡迎的啊!」

「我相信,你的日子也一定越來越美的。」丁丁衷心地對竹子説。

就在第二天,丁丁早上起來,忽然看到了一個奇景,從來不開花的竹子開起花來了。

丁丁高聲叫着:「竹子呀,你可真美呀!」

竹子笑了一下,説:「是的,我開花了,不過,我們竹子開花,就表示快要枯萎,我們得分開了。」

丁丁嚇了一大跳:「告訴我,這是怎麼一回事?」

竹子説:「這是大自然媽媽的安排,我們竹子五、六十年就得結束一次生命。我們長得太高太大了,我們把這裏的陽光都擋住,土坡上的小樹小草就長不起來,小蟲小獸們就沒有住的和吃的啦!丁丁,你們在這裏快沒有竹子吃了,你快快跟着大夥兒到別的竹林去吧!」

丁丁難過地説:「不,竹子,我要陪着你,你不是説過竹子熱愛生命,永不枯萎的麼?」

竹子説:「是的,我們在地上的生命枯萎了,那不過是暫時的,我們在大自然媽媽的懷裏休息,數十年後我們再長出來,和大家一起再過許多個春、夏、秋、冬。丁丁,別哭,我們終歸要分開一下的,讓我看你圓圓的眼睛,快

樂的臉兒，你也好記着我這盛開花兒的時候，好朋友離別，
都得留下一個美麗的印象呀！」

　　但是丁丁總是纏着媽媽，守着竹子不肯走。山上的熊
貓都遷徙了，她不走，竹葉都稀疏了，餓着肚子她也不走，
到最後一片竹葉也落下來時，山下的小朋友送來了一大堆
一大堆的竹葉子來。小朋友們說：「丁丁，我們也捨不得
你離開呢，這是世界各國的小朋友送來的竹葉子。」

　　可是，竹葉子來得多，大熊貓吃的也很快，漸漸也不

夠吃了，丁丁瘦了，竹子花也悄悄的掉下那微小的花瓣了。

這時，小朋友又到山上來，帶着一些大朋友，他們開來了大卡車，請丁丁和她的媽媽一起到外國去。小朋友舉行了一個送別典禮，一個小朋友站起來，用那枝竹笛吹奏起一首歌，那首歌是説要熊貓丁丁把中國孩子的友誼，帶給世界各地的小朋友，因為熊貓很懂得友誼，她本身就是友誼的象徵。那首歌還説：熊貓又是環境保護的見證者，她的形象，也就是生物保護的象徵呀。

熊貓丁丁愉快地接受了這個神聖的使命，她依依不捨地跟竹子告別，竹子的形象這時更奇妙，他已從花變成了果——竹米，發出了一陣奇妙的香氣。

大朋友們説：「這是難得一見的竹米，竹子到生命最後時就把這寶貴的米獻給人類。」

但是，丁丁知道竹子的生命並沒有結束，他的香氣就在她的身邊。她告訴媽媽説，她將來暢遊全世界，就會把竹子的故事告訴北極的熊，赤道的獅子老虎，和家家都養的貓，然後，當她再見到竹子時，就會有許多許多故事告訴他了。

# 龍王的兒子

　　一顆人造衛星上了天，運載它的火箭的外殼唱着歌從空中墜下來。它看見地上有一隻背着個大圓殼的、黑咕隆咚的東西在蠕動着，便衝着牠嚷道：「烏龜先生，快快躲開，快快躲開，我要下來了！」

　　那位黑咕隆咚的先生來不及躲避，幾乎被震出了殼，定了定神，才神氣地説：「我非烏龜，乃龍王之第九位公子是也。」

火箭殼是現代的產物，聽了這些「之乎者也」，要想一想才能弄通。

那位黑咕隆咚先生只好進一步解釋，像寫自傳一般：「龍生九子。我的大哥名鰲。最愛榮譽。他的石像立在朝廷之上。凡是謁見皇帝的，我大哥都用背脊承住他。連狀元都以獨佔鰲頭為榮！而我卻生來愛好勞動，喜歡挑重擔，因此就到了廟堂裏背石碑。石碑上刻的都是大人物的話。人物越大，話越多，碑越重，我喘不過氣來，就逃出來了。」

那火箭殼說：「老兄，談了半天，我還沒有聽到你的名字呢。」

那黑咕隆咚老兄說：「我的名字難懂，要寫出來你才會明白。」牠就在地上寫下了牠的大名：贔屭。

牠又說：「這兩個字普通話讀 Bi Xi（避細），是用力的意思。可是廣東人偏把它讀做『閉翳』，認為我就是閉翳（憂愁）的化身。你是什麼東西，走得比飛還要快，而且唱着歌呢？」

火箭殼說：「我原是火箭的一部分，也和你一樣喜歡負重，我剛剛把人和人造衞星送了上天，才高興得唱起歌來的。」

贔屭懷疑地問：「你真的把人送了上天？」

火箭殼説：「是的。火箭本來像帶殼的烏龜一樣，後來肚子裏熱力一衝，就把人送到天上去了。現在只剩下我這個殼了。」對於這石頭腦袋的贔屭，它只能作這樣最顯淺的解釋。

可是，贔屭畢竟是文化不低的，一聽就懂，牠激動地説：「那麼我也要上天！」

這時，牠身上的硬殼大叫起來説：「不可！不可！萬萬不可！天上寂寞，不如廟堂熱鬧。再説，甩掉了我，你就再也不是贔屭了！」

贔屭生氣了，牠高聲説：「我就是不要當贔屭！你這忘八*殼別再想束縛我了！」牠一生氣，怒火沖天，一腳蹬開了硬殼，直飛天空。這時，地球在牠的腳下變小了，宇宙在上頭無限地展開。天空並不寂寞，因為人們不斷的叩開天空之門，已有幾百個人造衞星在飛行，閃着人類的智慧之光，無數火箭碎殼在運轉，唱着獻身之歌。

贔屭向地下大叫着：「我解放了，真的解放了！鰲大哥，你也趕快甩掉那個忘八殼吧。別忘記我們的爸爸是神龍。我們應立志向上，不該困在宮廷和廟堂呀！」

*忘八：烏龜或鰲的俗稱。

# 小魚仙的禮物

　　欣欣的家就在海邊。每天，太陽下山，把海水染得綠裏透紅，紅裏泛綠的時候，她就跟外婆到海灘上來，赤着一雙小腳，踏在那白雪一般的細沙上面，一面拾沙裏奇形怪狀的貝殼，一面聽外婆講那變化莫測的海的故事──蝦兵、蟹將、小魚仙，有時還唱着歌，真是快樂極了。

　　但是，光陰像飛箭一樣，才幾年就把一切都改變了。海灘繁忙起來，遊人多了，垃圾也多了。海水污染，浪潮不再把美麗的貝殼送來，外婆也越來越老，別説口齒不伶俐，唱歌走了音，就是耳朵也不太中用。欣欣給她説故事、講新聞，一句話也得反覆三四次呢。

　　這一天，太陽下山，遊人都散去了，欣欣又和外婆到沙灘上來。外婆特別叫她穿上一雙木屐，因為沙粒裏常常藏着垃圾，赤着腳會被刺痛的呀。

　　沙灘上沒有人，卻有新添置的長木椅。剛塗上的彩色圖案，油漆未乾。旁邊還有一個玻璃瓶子，發出強烈的香蕉水的氣味，大概是哪位粗心大意的油漆匠工作之後忘記

拿走了吧。

忽然，一陣強風吹了過來，那玻璃瓶子被吹翻了，骨碌骨碌地就要滾到海裏了。欣欣心想不妙，香蕉水瀉到海裏，魚蝦就要受害了。於是，她急忙把小木屐一甩，對外婆說了一聲：「婆婆，給我看住小木屐！」然後她就飛跑，飛跑，終於在千鈞一髮的時候，把玻璃瓶子撿起來了。

當她回到外婆身邊時，外婆瞇着眼睛笑着對她說：「做得好，小魚小蝦受惠了！可是，你怎麼不顧自己的腳，你的小木屐哪裏去了？」欣欣聽了，向四下一望，小木屐果然不見了。她剛才完全沒有想到婆婆那雙失靈的耳朵根本沒有把她的話裝進去啊。欣欣便笑着說：「一定是海浪爬上來把它帶走，送給小魚小蝦當帆船坐了。」外婆也就一笑了之了。

這天晚上，欣欣睡到半夜，忽然聽到有一個小小的聲音在叫她：「欣欣起來！」

欣欣看看周圍沒有人，便問：「你是誰？為什麼我看不見你？」

那聲音說：「你張着眼睛看不見，閉着眼睛就看得見了。」

於是，欣欣就閉上了眼睛，果然，一個銀色的小人魚

就出現了。她跟婆婆説的故事中的小魚仙一樣，是一個俏麗的小姑娘，身上銀光閃着迷人的蔚藍，掛着一條項鏈，項鏈上是彩色斑斕的貝殼。她説：「你就叫我藍藍吧。我是一個小魚仙，你為我們做了好事，卻丟失了心愛的木屐，我帶你去把它找回來吧。」

欣欣奇怪地説：「到哪裏去找呢？」

藍藍説：「到我們的夢廣場去。凡是遺失的東西，或是你想要的東西，都可以在那裏找到。來吧，跟我去吧！」

月光照到欣欣的牀前，好像一條靜靜的銀河，欣欣拉着那小魚仙的手，也像小魚仙一樣在水裏飄飄然行走起來了。

　　月光變得更柔和了，皎潔的清輝中帶着淡淡的藍色，既像海水又像藍天，使欣欣想到外婆教她唸的一句唐詩：「月光如水水如天」，她真不知道自己是在悠悠的碧波中還是在縹緲的天空上呢。

　　不一會兒，小魚仙便告訴欣欣，夢廣場已經到了。

　　欣欣一看那夢廣場，和她平日買東西的廣場又是多麼不同呀！它不是在高樓大廈當中，而是在廣漠的天空下面，沒有紅紅綠綠的霓虹燈，只有滿天的熠熠星光。客人就是主人，只有饋贈，沒有買賣。藍藍告訴欣欣，這些都是來自地球上各地的小魚仙，定期到這裏聚集的。她們個個都是美人兒，身上穿着不同顏色的衣服，也都掛着一串彩色貝殼的項鏈。她們手上都提着一個竹籃，從籃子裏拿出一些寶貝來，正在互相欣賞着。

　　當藍藍告訴她們昨天欣欣搶救玻璃瓶的事時，她們都激動地對欣欣表示感謝，紛紛把籃子裏的寶物拿出來，給她觀看，讓她挑選。這裏面不但有金光閃閃的珍珠寶貝，還有許多東西，是在任何名牌商店裏都沒有的哩。

　　來自櫻花之國的小魚仙身上是粉紅色的，因為她沾染了三月櫻花的色彩。她籃子裏的寶物就是能夠重新飛上枝頭的花朵，看了它，將會給你帶來意外的驚喜，使你相信

有第二個更活躍的生命。來自雲南春城的小魚仙身上有着彩虹的色彩，那是春城裏三百多種茶花和杜鵑花的顏色。她籃子裏的寶貝就是一條閃着彩虹顏色的項鏈，那是在太陽出來之前，採摘各種花瓣上的露珠穿成的。每顆珠子都有一個小小的口，好像在向你傳達一個信息，要珍惜那隨時消逝的好時光。

這些寶貝兒哪裏去找呢！

魚仙中最美麗的是那個年紀最小的小小魚仙，她手上拿着一個小鈴鼓，她搖出的曲子是欣欣從來沒有聽過的，是那麼地美妙。藍藍告訴欣欣，這小魚仙就是安徒生童話裏的海的女兒，她的聲音讓老妖巫騙去了，現在她要用音樂來說話，還要幫許多人把心裏的話說出來。所以，她的曲子裏就有各種感情、各種心願，這才使得她的樂曲毫不單調，從人的心裏出來，又到人的心裏去。

海的女兒給欣欣奏了一首短曲，欣欣立即聽懂了。那是一首搖籃曲的伴奏。搖籃曲許多人都聽過了，欣欣也是聽搖籃曲長大的。但是，人們聽到的只是母親的聲音，而這樂曲卻捕捉了在搖籃中的孩子對歌聲的回響，這是人們聽不見的美妙的伴奏，一半是清醒，一半是在夢裏，他回答着母親的關注，享受着安寧的休息，還滋生着對未來的

夢思，那麼美，那麼無邊無際，永遠沒完沒了，使人要追着聽下去。

　　接着，海的女兒又奏出了一首青蛙的短曲。在綠色池塘的一角，頑皮的小青蛙唱起了快樂的進行曲，還沒唱到一半，給潛伏着的毒蛇吞下肚子去，連同那沒唱完的歌也吞下肚子去了。但是，在蛇的肚子裏，小青蛙還是從容不迫地把他的歌進行下去，每個音符都像一支利箭，刺破了毒蛇的肚皮，小青蛙又從那黑咕隆咚的毒蛇肚裏，回到那星光熠熠的綠色池塘。聽了這首歌，使人覺得自己永遠是一個勝利者，永遠不怕黑暗、醜惡和任何暴力！

這樣的音樂，到哪裏可以聽到呢？

藍藍便問欣欣説：「這麼多的東西，你就選一樣你認為最有價值的，她們一定樂於送給你的。」

她們把金光閃閃的衣服披在欣欣的身上，欣欣就像仙女般美麗了，但是欣欣婉轉地推卻了。她們把許多珍珠項鏈、手鐲、耳環給欣欣戴上，欣欣就遍身珠光寶氣，比世界上瀕臨絕種的女皇和方興未艾的富人階層更富有了，但是欣欣堅決地謝絕了。最後，藍藍對她説：「欣欣，你一定要接受我們的一件紀念品，才不枉我千方百計帶你到夢廣場來呀。」

欣欣説：「好！要是這樣，我就大膽請求海的女兒把那個小鈴鼓送給我。我有一個外婆，她從前給我講了許多故事。現在，她年紀大了，耳朵聾了，我希望用那美妙的音樂把她的聽力喚醒，你可以答應我嗎？」

海的女兒用音樂回答她：「欣欣，你真會選擇，我這個就是聾子也能聽得見的鈴鼓。不過，欣欣，這是夢廣場，你只能閉着眼睛去看，當你張開眼睛的時候，什麼都消失了。你有什麼方法把它帶走呢？」

欣欣説：「我剛才看見了許多美麗的東西，聽了許多動聽的音樂。我永遠記得那首《我是勝利者》的樂曲。只

要大家一起幫助我想辦法，一定能夠叫外婆的耳朵聽到這動人的音樂的。」

海的女兒說：「好，那我們都來幫助欣欣的夢想成真吧。」於是，她帶領着那些小魚仙們，一個一個走到欣欣身邊，每人把項鏈上的貝殼取下一個，放到欣欣的懷裏。海的女兒說：「欣欣，這都是你小時候的玩伴，讓它們再陪着你吧。」

最後，藍藍說：「我們該分別了，讓我們來一個合照留念吧。」

欣欣說：「可是我的照相機在家裏呢。」

藍藍說：「眼前的海水，不就是最好的照相機嗎？」她們就手牽手，圍成一個圓圈。欣欣低頭一望，海水已把她們拍成璀璨的照片了，一張團團圓圓的，無論是誰看上去都是在朋友中間的照片。

藍藍說：「欣欣，謝謝你到來，不過你忘記了到這裏來的目的了。」

欣欣說：「什麼？我不是很有收穫嗎？」

藍藍說：「不，你忘記了你的小木屐了。不過，海浪已經幫你送回去了。你還是去看看吧！」

欣欣一轉身，什麼東西都在她眼前消失了。她張開眼

睛四下一望，只有牀前明月光，還是那麼亮，她摸摸懷抱裏，看看牀上，哪有半片貝殼的影子啊！

但是，欣欣相信，那閉着眼睛看得見的東西，張開了眼睛還是可以找得到的。

第二天，她跑到海灘上去，昨夜一場大雨，把沙灘洗刷得乾乾淨淨，連沙灘上的一塊岩石──從前，玩捉迷藏時她最喜歡躲在後面的──也洗刷得一塵不染了。她一口氣跑到那岩石後面，原來，她的小木屐和一些色彩斑斕的貝殼，都躲在那裏等她，她知道，這都是小魚仙們給她送來的。

欣欣捧着那些美麗的貝殼，穿上心愛的木屐，滴滴躂躂地回到家裏。她小心地把那些貝殼穿成一個別致的風鈴。

當這貝殼風鈴做好了，欣欣把它舉起來的時候，外婆忽然健步如飛地走來了。她叫着說：「欣欣，這是怎麼一回事，我忽然聽見了很好聽的音樂，還聽到自己在說故事呢！你也聽見了嗎？」

欣欣說：「聽見了，外婆！它就是從這風鈴裏發出來的，外婆，你再聽聽吧！」

於是，風鈴又響起來了。外婆激動地說：「欣欣，我

聽見了。這一次的音樂還要美，故事還要動聽。剛才我自己聽到自己的聲音，真夠奇怪的，現在聽到的是你給外婆唱的歌，給外婆講的故事。那才是真正的奇妙啊！」外婆滿是皺紋的臉上出現了青春的眼淚，在欣欣的眼裏，就是那重新飛上枝頭的花朵啊！

　　從此，欣欣把風鈴掛在外婆牀前。當風把貝殼吹向西邊的時候，風鈴就奏出古典的音樂，講那蝦兵、蟹將、小魚仙的故事；當風把貝殼吹向東邊的時候，風鈴就奏出跳躍的旋律，講着深海的夢和天空飛行的故事，講之不盡，沒有一個重複，只有一個比一個好。

　　欣欣除了在家裏陪着外婆聽風鈴之外，更喜歡到沙灘去，凝視着海水，期待着小魚仙出現，再合拍一張更美好的照片哩！

# 媽媽，我很醜嗎？

小青蛙在池邊玩，一個奇怪的聲音對牠唱：

突眼睛，

闊嘴巴，

你是個醜八怪小青蛙。

晚上，小青蛙對着媽媽哭：「媽媽，我很醜嗎？」媽媽説：「不，在媽媽眼裏，你是好看的。」

第二天，青蛙又到池邊，高興地唱：

閣閣閣，

呱呱呱，

媽媽説我是好看的小青蛙！

那個怪聲音又嘲笑牠：

哈哈哈，

媽媽像你你像她。

媽媽説好不算數，

別人説好才是頂呱呱。

你們這副醜樣子，

只配在盤裏煮冬瓜。

晚上，小青蛙又對媽媽哭着訴苦。媽媽説：「孩子，媽媽給你的樣子是改變不了的，但是媽媽教你的本領，你還可以大大超過媽媽。那時候，人人都喜歡你啦！」

小青蛙聽媽媽的話，努力學媽媽捉蟲子，一連十天，那怪聲音對牠唱什麼。牠都不理。到了第十一天，那怪聲音換了一個甜甜的調子，對牠唱：

小青蛙，小青蛙，

天天捉蟲太苦啦，

不如認我做媽媽。

我的威力比你媽媽大，

人們見我都害怕，

我的舌頭會開花，

快快來我的懷裏吧！

那怪東西把牠的紅色的、開叉的舌頭吐出來，一閃一閃，引誘着那小青蛙。正在這時，青蛙媽媽跟在後面大叫說：「孩子，別上當，這是兇惡的毒蛇，牠要吃你呀！」

毒蛇嘶嘶響，青蛙咯咯叫，一個小朋友聞聲走過來了。他說：「可惡的毒蛇，你別想傷害我的好朋友小青蛙，他天天給我們捉害蟲呢。」他用石頭把那毒蛇砸死了。然後，他回頭向跳進水裏的小青蛙說：「你真是個美麗的小青蛙！」

「美麗的小青蛙！」山那邊響起了回聲，水面也引起了一串漣漪。

「咯咯咯咯！」小青蛙快樂地回答着，牠的聲音也在水裏引起了一個個小圓渦，這些圓渦和那些漣漪連接在一起了。

# 兩隻蚊子遊學記

一隻蚊子叫呵呵，一隻蚊子叫哼哼。有一天，呵呵對哼哼說：「潮流興遊學，我們就到大城市裏遊一遊，學一學吧！」

哼哼說：「好！好！好！」

他們就飛到一個大城市去。哼哼對呵呵說：「你先去取得經驗，再回來告訴我吧！」

過了好一會，呵呵就飛回來了。

呵呵振動雙翼，笑得呵呵不住口，說：「我太幸運了。我得到的經驗又有意思，又搞笑，又刺激！」

「那你快快告訴我！」哼哼催着他。

呵呵說：「我飛去的地方是一間小學，一個戴眼鏡的老師正在上課。我悄悄飛到課室裏，猛地把那坐在第一排第一個小學生的腿叮了一口。那個學生馬上站起來，說：『報告老師，我的腿很癢。』那個老師說：『你遇事報告，很有紀律性，很好。現在，一！二！三！全班都一齊來抓癢！』

「可是，另一個學生也站起來，說：『報告老師，我不癢！』老師說：『行動要一致啊！你不癢？一抓，不就癢了嗎？』老師的話，一抓就靈。一！二！三！全班一齊抓癢。一抓，不癢的也癢了。再抓，抓，抓出血來了。我差點笑出聲來，就趕快回來告訴你。這真是難得的經驗……」

哼哼聽得來了勁，連忙打斷呵呵的話頭，說：「你別再說了，我這就親自體驗去。」

哼哼催着呵呵帶頭飛。到了那間小學的時候，那一堂已下了課，第二堂又開始了。看來，同學們的癢都過去了，大家都在靜靜地上課。哼哼就迫不及待飛進去。呵呵叫住他說：「這個老師沒有戴近視眼鏡，不是剛才那老師呢。」

哼哼說：「別囉唆！近視和不近視，不都是老師嗎？」

他毅然地飛過去，猛地在那第一排第一個小學生的腿上叮了一下。

果然，那小學生霍地站了起來，說：「報告老師，有一隻蚊子叮了我的腿……」

那位沒戴眼鏡的老師說：「這些小事還用報告，快快一巴掌把牠打死就是了。」

於是，那隻哼哼就死在一巴掌之下了。

　　呵呵遠遠看見了，歎息着說：「這不關我的事，都是你咎由自取啊！我本來要告訴你，我遊學得來的經驗是遇事不要一刀切的。但是你不肯聽下去，就把近視先生和不近視先生都一刀切。唉！這樣遊而不學，豈不要命嗎？」

# 咪咪和妙妙

　　玲玲有兩隻小貓咪，牠們是一對貓姐妹，大的叫咪咪，小的叫妙妙。用貓的語言來說，咪咪就是「沒，沒」，妙妙就是「妙，妙」啦。咪咪愛嘔氣，什麼都說，「沒沒」、「不不」；妙妙是隻小乖貓，什麼事都覺得妙，不妙的事牠也會看成是妙的。

　　有一天，小主人玲玲出去了。咪咪找到了一個黃色的毛線球。妙妙說：「我們一起玩吧。這個毛線球是黃色的，我的眼睛也是黃色的。我們在一起玩多妙啊！」

　　咪咪卻說：「咪！咪！不給你玩。不管你的眼睛是黃色的還是綠色的，誰先看見這線球，這球就是誰的。咪！咪！」

　　妙妙又說：「這球，一隻貓玩不起來，兩隻貓玩才妙呢，妙妙！」

　　咪咪卻堅決地說：「這不是球，是毛線，我正要用它來織毛線衣穿呢。」

　　妙妙沒有東西玩了，搖擺着小尾巴，可憐巴巴的。

　　太陽看見了，把暖和的光線照到她的身上。妙妙在地上看見了自己的尾巴的影子，便跳起來去追它。她跳得快，尾巴轉得更快。陽光越燦爛，尾巴越活潑，妙妙樂得妙妙的叫。

　　玲玲回來了，看見妙妙追自己的尾巴追得團團轉，便哈哈大笑，把自己辮子上的綠色絲帶解下來，綁到妙妙的尾巴上。黃尾巴配上綠絲帶，轉起來就更好看啦。

　　玲玲找咪咪，咪咪到哪裏去了？咪咪不見了。

　　只見一團亂糟糟的黃色毛線球隨地滾，還「咪咪」的叫着呢！

妙妙說：「妙啊！妙啊！姐姐的毛線衣織好了。」

但是玲玲並不覺得很妙。她花了很長時間才把纏在咪咪身上的毛線拆開來，還責怪了搗蛋鬼咪咪呢。

咪咪對妙妙說：「妙妙，你也給我追追你的綠尾巴吧。我的眼睛也是綠色的啊！」

「歡迎！歡迎！妙妙，妙妙！」妙妙仍舊快樂地叫着。

# 小傘子之歌

　　超級市場裏有一把藍色的小傘子，藍得像萬里無雲的天空，藍得像波平如境的大海。一個小姑娘把它買回家，從此，它在猛烈太陽下給小姑娘遮陰，在大雨中給小姑娘擋雨。小姑娘感到安全，它也感到幸福。因此，它就咿咿哦哦地唱起歌來：

　　你手握我手，

　　做個好朋友，

　　我會變肥又變瘦，

　　不怕太陽曬，

　　不怕雨淋頭，

　　我陪着你，

　　東南西北到處走！

　　小傘子平日是放在牆角，跟一把老爺傘和一把尖嘴傘靠在一起的。它們看到小傘子那麼興高采烈的，很不以為

然。尖嘴傘説：「傘子就是生來命苦的。天下雨了，你在外面淋得像一隻落湯雞，人家在裏面才能像一隻皮光肉滑的雞蛋。太陽猛曬的時候，你在外面煎成一隻荷包蛋，人家卻在裏面像一隻抖毛展翼的小鳥兒。天不下雨，太陽又不發威時，你就被扔在牆旯旮裏，誰也不理睬你了，説什麼朋友不朋友啊！」

老爺傘説：「從前的傘子過的日子還好些。比如在英國，從前的首相總是一大支雪茄煙掛在嘴角，一把大傘子掛在臂彎，拍起照來威風極了。在中國，皇帝、娘娘出遊

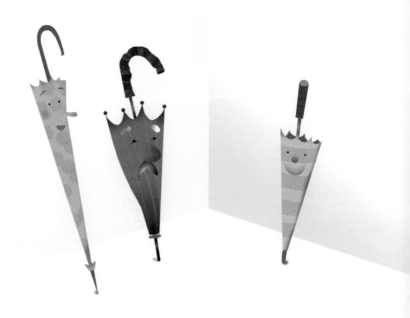

都是帶着羅傘，前呼後擁，地位崇高極了。高等的傘子不做平凡的事，我寧可少出門，免得日曬雨淋，靠着牆角看看電視，消除壓力，豈不優哉遊哉！」

它們說着話的時候，天色突然變了，外面一片陰陰暗暗，小姑娘的老奶奶要到廟裏拜神，就來牆角拿傘子。老爺傘和尖嘴傘都閃到一旁去了。老爺傘對小傘子說：「你去吧，你年輕，應該經風雨、見世面去，我們用不着你在這裏陪我們看電視。」尖嘴傘也說：「小傘子，能者多勞，那你就看世界、逛世界去吧，去吧！」

老奶奶拿起了小傘子，就噔噔噔地出門去了。

樹老根多，人老話多。老奶奶除了愛跟人說話之外，就愛跟自己、跟動物和物件說話。片刻，傘子在手，她就對它說：「小傘子，你知道我今天為什麼去拜神嗎？你又知道我手上這包大蜜桃是送給誰的嗎？告訴你，這都是奉獻給神的。我們這裏已整整八個月不下雨了，再這樣下去，我們恐怕連一棵青菜也吃不上，還會一級、二級、三級那樣制水呢。我早早晚晚都在求神，昨天晚上，神給我託夢，說今天就要下雨了。你看現在不是烏雲密布嗎？我得趕快到廟裏還神啊！神靈，神靈，神就是靈。」老奶奶越說越開心，也越有信心，她把小傘子撐開，高高舉在頭上，還

把手掌伸到傘子外看看下雨了沒有。不過,她一滴雨也沒有接到。

到了廟裏,煙霧濛濛,比外面更像陰天,因為來燒香還神的人太多了。在神殿中間,坐着一尊金色的、又高又大的神像。神像頭頂上,有一把很大的羅傘,由一個木頭人兒舉着。老奶奶指着羅傘告訴小傘子説:「這把羅傘是許多善男信女奉獻的,上面還有我的名字呢。你看見了嗎?」

老奶奶説話是不需要小傘子回答的。但是小傘子卻可以肯定地回答她:「看不見!」因為羅傘已被煙火熏得一塌糊塗。如果神要看清那些姓名,也很不容易從那些煙塵跡、蜘蛛絲裏分辨出來。小傘子心裏想:老爺傘説羅傘的地位多麼崇高,我才不願像它那麼邋邋遢遢呢!

老奶奶在廟裏鑽來鑽去,燒香、叩頭、稟神、求籤,折騰了一大會兒,好不容易才鑽出了大廟。一出大廟,忽然像進了另一個世界,外面陽光普照,剛才的烏雲早已一掃而空。廟外面一個廟祝在搖着頭説:「今天不會下雨了,常言道:旱天多雨色,這樣的旱天,實在不知道什麼時候才能完結呢!」

老奶奶看了看天色,起先歎了一聲,跟着就「喲」了

一聲。原來老奶奶的腰腿痛起來了。腰腿痛是奶奶的老毛病，天氣一陰一晴就發作起來。

這時，老奶奶一眼看到手裏的小傘子，便說：「好傘子，我還以為白白把你帶了出來，原來並沒有白白把你帶了出來，你正好做我的拐杖，你這就扶我回家吧！」

老奶奶一隻手扶住了傘子的小拐杖，又看到那包拿在手裏的蜜桃，歎着氣說：「我可真糊塗，竟忘記了把這包蜜桃奉獻給神！小傘子，你真乖，有你扶着我，就像親孫女扶着我一樣。可惜你不會吃東西，否則我就把這包蜜桃賞給你。嘖！嘖！嘖！那是多大多甜的蜜桃啊！……不過，你既是我孫女的好朋友，我就把這包蜜桃送給我的孫女吧！我雖然把蜜桃白白帶了出來，可沒有把蜜桃白白帶回家呀！嘖！嘖！嘖！這是多香多甜的蜜桃啊！」

老奶奶說話總是翻來覆去，一句話變兩句話，幾件事才是一件事。但是小傘子聽來很受用。它雖然沒有吃到蜜桃，心裏卻像吃了蜜桃那樣甜，也反反覆覆地說着：「嘖！嘖！嘖！」

當小傘子回去把這次出遊的經過告訴老爺傘和尖嘴傘的時候，它們都大吃一驚。老爺傘說：「你真使我吃驚啊！大羅傘什麼事都不必幹就受到一千人、一萬人的崇拜，

你卻把它看成垃圾，真是豈有此理！」尖嘴傘也説：「你真使我吃驚啊！做了傘子還嫌不夠苦，竟然把做拐杖的活也攬過來，這真是自討苦吃，還説是甜滋滋，真是莫名其妙！」

但是小傘子沒有理會它們的話，還是樂呵呵地咂着嘴：「嘖！嘖！」並且又唱起它那「你手拉我手」的小傘子之歌，還説：「我多希望再有機會出去啊！」

一陣清風吹過來，風被那甜美的歌聲感動了，便對小傘子説：「你的歌聲那麼奶聲奶氣的，你一定是新出廠的小傘子，沒見過多少世面，就像那些愛逛街又沒有大人帶的孩子一樣。好吧，就讓我來帶你逛逛吧！」

小傘子高興地説：「風伯伯，謝謝你，我就是最怕閒着呢。」

於是，風使勁一吹，把小傘子撐開了，飛呀飛到屋外面。

風説：「你喜歡到哪裏去？」

小傘子説：「到最好玩的地方去！」

風説：「好！好！孩子多的地方就是最好玩的地方，我保證叫你滿意。」

風吹呀吹呀把小傘子吹到一座大帳篷外面，風説：「這

是雜技團，孩子們最愛看雜技，今天的節目特別精彩，電視台也來直播呢！」

風把小傘子吹到帳篷頂上，從上面望下去，可真迷人啊！孩子們穿得紅紅綠綠，跟着他們的家人來看雜技，心情激動，萬頭攢動，把劇場弄成了一個大花圃。花圃中間是表演場，成千上萬的眼光集中到那裏。演員中有不少是小演員，他們的演技跟大人一樣出色。一雙小手兒拋接十幾個大彩球，一次也不失手。小人兒疊起七八層高的羅漢，你被他們嚇得冒汗，他們還笑吟吟的。孩子們那麼集中精神觀賞，沒有人發現小傘子鑽了進來，就是小傘子自己，看得那麼忘形，也忘記自己身在哪裏了。

一個新的節目，更引起小傘子的注意。一個小女孩拿着一把紅傘子走出來了。小傘子想，這紅傘子真幸福，它表演什麼呢？

隨即小傘子明白了。小女孩表演的是走鋼絲，她撑着那小紅傘，巧妙地在鋼絲上走着，像與一片紅雲跳舞一樣。

一個師父在鋼絲架下面，跟着那小女孩走來走去，説説笑笑地跟觀眾介紹。他説：「看，我們的小演員還有更精彩的表演在後面。她現在靠着傘子維持平衡，不過她馬上就要連小傘子也不要了，大家請看吧！」

　　說完，鋼絲上的小女孩就把紅傘子甩掉了。正在這時，忽然有一隻蚱蜢，撲到鋼絲上，小女孩嚇了一跳，腳一顫，步子有點不穩了。那師父話也說不下去了，臉色都變青了，他伸出雙手，準備把那小演員接住。正在這時，小傘子就毫不猶豫地，像一道藍色的電光一樣，飛到那小演員的手上。小演員握着小傘子，重新穩定了重心，也重新穩定了信心。她走了幾步，就從從容容地把小傘子拋開，小傘子又像一道閃電似的飛回上空。小演員就瀟瀟灑灑地甩開雙手在鋼絲上走來走去。

　　觀眾沒有察覺到這是意外，還以為是表演的一部分，大家都十分驚奇，十分讚賞，大鼓其掌。這時，小傘子已飄到帳篷外面了。

　　離開了雜技團，小傘子又向風問道：「風伯伯，還有別的熱鬧的地方沒有？」

　　風豎起了耳朵一聽，說：「就在我們東邊，有很鬧很鬧的聲音，讓我們去看看吧！」

　　風把小傘子往東方吹去。原來那兒有一座樓房失火了，消防員正在搶救，汽笛聲和人聲吵成了一片。

　　在第二層樓的陽台上，有一個穿着粉紅顏色衣服的小姑娘正在哭着叫人救她。可是，她的衣服在烈火中失了色，

她的哭聲被吵鬧的聲音淹沒了，引不起消防員的注意。

小傘子看在眼裏，急在心裏，這已是千鈞一髮的時候了。它便不顧一切，飛到那陽台上。那小姑娘在淚眼中看到那突然飛來的小雨傘，便當是消防員叔叔拋給她的救生圈。她一把將傘子牢牢握住，從陽台跳下來，平安着地了。

風一下子被小傘子的驚險行動嚇呆了，它使勁地吹過去，搶走了小姑娘手上的小傘子。它看到了小傘子身上已着了火，就急忙地將火吹熄，但小傘子的身上已留下了一個小洞。風說：「小傘子，你受傷了，我把你送回去，好好地休息吧。」

於是，小傘子又回到老爺傘和尖嘴傘中間。

老爺傘說：「剛才你到了哪兒玩耍去了？老奶奶到處找你，以為在路上把你丟了呢！」

尖嘴傘說：「你只愛玩，錯過了好看的電視新聞。剛才那兩段真精彩。有一把小傘子做了雜技團的臨時演員，還救了一個小演員。後來那小演員謝幕，找不到那小傘子，就送了一個飛吻給它。還有，剛才又有一把小傘子在大火裏救了一個小姑娘，人家多麼出色呀！幸虧你還來得及看。你看，那小姑娘又出來了。」

小傘子往電視屏幕上看，果然，那個穿粉紅衣服的小

姑娘又露臉了，她還是眼淚汪汪的。

一個消防員抱起她，問她：「你都得救了，平安無事了，還哭什麼呢？」那小姑娘擦着眼淚説：「我得救了，可是那救我的降落傘被火燒傷了，可沒有人救它呀！」

這時，老爺傘和尖嘴傘忽然聽到身邊「波」的一聲響。尖嘴傘説：「小傘子，看電視就靜靜地看電視吧，「波波」響幹嗎？」

小傘子説：「我給這小姑娘送一個飛吻呀！原來人們可以飛吻的。」它覺得十分幸福，因為它已經享受過一個飛吻了。

在電視機面前，老奶奶和她的孫女也在全神貫注地看着。小姑娘看得那麼激動，差點連蜜桃的核也吞下肚子去。她説：「這小傘子真像我的小傘子，都是藍湛湛的那麼可愛！」她走過去看看自己的小傘子，又驚訝地説：「真奇怪，我這小傘子怎麼也給火燒出一個洞來了呢？」

老奶奶説：「也許我帶它到廟裏燒香時被香火灼着了。」

小姑娘説：「小傘子立了功，我替它吃了蜜桃，小傘子穿了洞，我就該給它補好。剛好，我昨天上了縫紉課，學會了繡花呢。」於是，小姑娘就拿來了針線，用心地在

125

那破洞上繡上了一朵玫瑰花。當小姑娘用耳朵貼着小傘子，用口把線咬斷時，她耳朵裏好像聽到一種很奇妙的聲音，因為小傘子又在唱它的小傘子之歌了。

　　小傘子的歌小姑娘聽不懂，但是它卻激發了小姑娘內心的詩情，小姑娘說：「小傘子，我送你一首歌，你好好聽着吧！」她就唸着：


　　我有一把小傘子，

　　一年四季不離它。

　　風雨裏，

　　它是我頭上一片藍天，

　　陽光下，

　　它是我頭上一朵花。

　　風雨裏，陽光下，

　　離開它，

　　我就更想它。


　　老爺傘說：「唱得再好聽，也不過是平凡的傘子罷了。」

　　尖嘴傘說：「沒有一把傘子沒遮過人，沒有一個人沒被傘子遮過，有什麼了不起，有什麼值得大唱特唱的！」

　　小傘子卻說：「這就是最了不起、最值得大唱特唱的！」

　　於是它就大唱特唱，越唱越快樂了！

# 小楓葉和毋忘我

　　春風輕輕吹拂着，楓樹上一片嫩芽舒展開了，小小的葉尖上還帶着一點嫩紅，好像乳毛未褪的小娃娃。風一吹，大楓葉翻來翻去，沙沙作響，它也搖一搖，晃一晃，在牙牙學語呢。

　　小葉兒非常快樂，一睜開眼就看到那彩色繽紛的世界，圍繞着它的有各種各樣的花，粉紅的桃花、淡黃的雛菊、萬紫千紅的玫瑰，連探訪它們的客人──蝴蝶，也是色彩斑斕的。它就問那些大楓葉：「為什麼花長得那麼好看呢？」

　　大楓葉說：「那是大自然的傑作呀。」

　　小楓葉說：「那麼我們也是大自然的傑作麼？我會不會變成花呢？」

　　大楓葉說：「並不是所有的傑作都是花，也並非花才是最可愛的，我們葉子也有葉子的價值。好好地工作吧。」

　　小葉兒跟着大楓葉一起工作了，這工作很輕鬆愉快卻又是非常重要。和暖的陽光天天把能量送給它，它就製造

了食品送到楓樹媽媽那裏，楓樹媽媽身體好，小葉子也健壯了。

在周圍的花朵中，小葉兒最感興趣的不是那些大朵大朵的花，而是那種很小很小的紫色的花。每天，總有許多年青人到這裏來。小伙子摘一束送給他的美麗的同伴，少女摘幾朵插在好朋友的衣襟上。送花的人説：「毋忘我！」接受花的人也説：「毋忘我！」小葉兒低下頭來向它説：「可愛的小紫花，你叫什麼名字？」小花説：「毋忘我！」原來，這就是它的名字，好朋友永遠永遠不會忘記，那多有意思啊！

楓樹有葉沒有花，毋忘我有花沒有葉。小楓葉兒愛毋忘我的小巧的花兒，毋忘我愛楓葉兒的星形的葉子，它們成為很好的朋友了。

春天過去，夏天來了，小楓葉變成了葱綠的大楓葉，毋忘我開得更燦爛了。跟着秋天到來，一切都變了。楓葉兒發現了毋忘我漸漸地褪色，而毋忘我卻發現楓葉漸漸地變紅了。

楓葉紅了，紅得像瑪瑙，像珊瑚，紅得比花還好看，引動了無數人來看它，毋忘我卻變得寂寞了。

秋風來了，把楓葉一片一片吹到地上去。人們珍惜地

把它們撿起來，又珍惜地放在鏡框裏夾在書裏，留做紀念。可是，小楓葉卻央求着秋風説：「請不要吹我下去，我要陪着毋忘我，我答應過永不忘記它的。」

秋風過後，樹上只剩下小楓葉一片葉子了，毋忘我差不多完全枯萎了。北風來了，北風對小楓葉説：「你再不下來，就要下雪了。」小楓葉説：「我就是要等到這個時候，現在，請你把我吹下地吧！」

於是，北風一吹，小楓葉就飄到毋忘我上面。跟着，漫天飛雪，雪把小楓葉蓋住了。這是非常可愛的顏色，晶瑩的白色蓋着緋紅，緋紅蓋着了淡紫。小楓葉就像把養料送給媽媽一樣，用身體保護了毋忘我。外面是沉寂的冰天雪地，在這裏它卻感到了許多生命在活躍着，在等待春天的到來，它明白了什麼是大自然的傑作了。它深情地對那小花説：「毋忘我啊！」然後就安然地睡着了。

# 蟋蟀和磨菇

　　山坡上一塊草地，周圍沒有大樹遮着它。太陽在這裏照耀得特別燦爛。這時剛下過一場驟雨，雨後又是一片陽光，坡上出現了一道小小的彩虹。一隻小蟋蟀從遠處看見了，就跑了過來。牠發現彩虹底下有一團雪雪白的小東西，牠想這是彩虹留下的寶貝吧，就圍繞着它跳舞，唱起「悉悉率率」的歌來。

「你的歌聲好聽極了！」那小東西突然開口。

蟋蟀嚇了一跳：「你是誰？」

小東西説：「我是磨菇，我剛剛生出來的。」

蟋蟀説：「那你就是我的小妹妹了。你和我一起跳舞好嗎？」。

磨菇説：「我只能跳搖擺舞。」

牠們在彩虹下快快樂樂地跳舞，又快快樂樂地分手了。

第二天，蟋蟀又到坡地上來，一眼看不見磨菇，抬起頭，看見小磨菇已長得像一把小傘子，比牠還要高。蟋蟀驚訝地説：「你長得真快，昨天還是個小妹妹，今天就是個大姊姊了。」

小磨菇説：「可不，我還要做媽媽呢！在我的傘褶裏，有許多磨菇種子，現在天上有積雲，明天這裏會有一場雨，它們都要出生了。」

小蟋蟀説：「那你就是快樂的媽媽了。」

蘑菇説：「那麼別忘記明天到這裏來，給小寶寶們唱搖籃曲，你的歌聲好聽極了。」

到了第二天，小蟋蟀唱着歌兒出發，天上的積雲都散了，太陽把地面曬得灼熱，小蟋蟀爬到山坡上，口也乾，腿也痠了。牠再也看不見小磨菇那白亮亮的傘子；牠叫着：

「小磨菇，你到哪裏去了？」

這時，牠聽到一個聲音說：「小蟋蟀，我在這裏，」不過，它不是一個小磨菇，因為缺水，給太陽曬得像一枝棍子了。它說：「你快點離開吧。沒有東西給你遮陰，你就會曬死的。」

「不！我還要給小寶寶唱歌，你等着吧！」

蟋蟀冒着火熱的太陽，跳到山坡下，山坡下有一潭水，牠喝了幾口，又拾來一隻蟬蛻的殼，把水裝滿了，一直扛到山坡上，牠流下的汗真要比水還要多。牠一到磨菇旁邊，把水灑下去，牠自己也倒在草地上了。

小磨菇得到水的滋潤，就把寶傘張開來了。寶傘張開了，一個黑影把小蟋蟀遮着，慢慢，蟋蟀醒過來了，牠大叫着：「我是在做夢是不是？」

小磨菇說：「你夢見什麼呢？」

蟋蟀說：「我夢見有許多個你。」

小磨菇大笑說：「你不是做夢，那些許多許多都不是我，是我的小寶貝，牠們降生到地上來了，你看看吧。」

蟋蟀眨眨眼睛，在牠周圍有許多許多的小蘑菇，圍着牠跳着搖擺舞。

於是，蟋蟀高聲歌唱，牠從來沒有唱得那麼好聽過。

# 月亮的女兒

從前，月亮生了一個女兒。

這個女兒像雲霞一樣輕盈，雪一樣的潔白，月亮非常疼愛她。但是，天上的空氣是冷森森的，所以，月亮的女兒也像冰雪一般冷。

「怎樣才能使我的孩子有熱氣呢？」月亮擔心地想：「冷冰冰的人是沒有人愛的。」

她抱着孩子去請教萬知老人。

萬知老人對她説：「把孩子帶到人間去吧，讓她在人間享受熱和愛。我給她一個小小的餅子吃，讓她到世上去，到了十二年之後她就可以帶着熱和愛，回到你的身邊了。可是，她必須滿了十二年才能回來。不然，她就要化為千千萬萬的碎片的。你願意這樣做嗎？」

月亮説：「到了人間之後，我還可以跟她説話麼？」

萬知老人説：「在沒有人的時候，你們是可以談話的。」

月亮想了一想説：「很好，就這樣吧。十二年不過是一個很短的時間罷了。」

　　於是，她就從萬知老人的手上接過了餅子，給那小女孩吃了，一面親着她冰冷的嘴唇，說：「好女兒，就離開媽媽十二個年頭吧。十二年之後，你就會帶着熱綿綿的嘴唇回到我身邊來了。」

　　鸛鳥正在用牠的長長的翅膀，撥開天上的雲彩，翩翩地飛行着。月亮把牠叫住，說：「鸛鳥先生，我的小女兒要到人間去了。請你把她帶到一個最快樂的地方去吧。」

　　鸛鳥說：「那麼，請你告訴我哪裏才是最快樂的地方呢？」

　　月亮想了一想，說：「到孩子最多的地方去吧，那兒該是最快樂的地方。」

月亮便把小女兒裹成一個小小的包袱，掛在鸛鳥的長嘴上。鸛鳥拍着雙翼，飛往人間去了。

鸛鳥找了好一會兒，牠選中了一個孩子眾多的地方，就把小女兒輕輕放下，然後又拍着雙翼飛回天上。

當月亮再出來照耀着大地的時候，她才曉得鸛鳥幹了錯事。因為她女兒所住的地方，雖然有很多孩子，可是，那卻並不是一個最快樂的地方，而是一個孤兒院。

但是，再也沒有辦法把這小女兒帶回天上來了。月亮只好在天上睜着眼睛，眯着眼睛，看着這小女兒在孤兒院生活。

這是多麼窮苦的一個地方啊！在這兒的孩子，都是沒有爸爸媽媽，沒有人要的孩子。他們吃的東西，是人家吃不了才送來的。他們穿的衣服，是人家穿舊了才送來的。所以，他們吃午飯時，也許吃的是別人早餐剩下的東西。在冬天的時候，還穿着別人穿過的游泳衣改製的衣服。通常，男孩子曳個少奶奶的長裙，小姑娘穿了老爺爺的長腿褲子，還常常因為踩住了長褲筒就摔跤呢。

月亮很擔心，她問萬知老人說：「在這樣的環境裏，我的女兒會有熱和愛麼？」

萬知老人回答她說：「你放心吧，熱和愛常常是在窮

困的地方生長的。」

於是，月亮繼續睜着眼睛，瞇着眼睛，望着她的女兒。

到這小女兒懂得牙牙學語了，懂得一點點事了，月亮便開始託微風給她傳話，告訴這小女兒她有一個可愛的媽媽，這可愛的媽媽就是抬頭可見的月亮，就是夜夜用着清光愛撫她的月亮。從此，一個圓圓的、甜蜜的笑渦就浮現在這個小女兒的臉上了。有了母愛的小人兒是多麼的幸福啊！

女兒長得更大了，更懂事，月亮就親自教她讀書和寫字。她借了雲的變幻，霞的繽紛，教給她最美麗的、最動人的文字。這些字只有那小女兒才能明白，每個字都差不多是從詩裏走出來的。從這天起，小女兒的眼睛就特別明亮起來，真的，有人教導的人是多麼充滿了希望啊！

孤兒院的牆是挺高挺高的，門是常常關着的。月亮不能把小女兒帶到外面美麗的環境裏去，可她卻會把外面的美麗的環境帶到孤兒院裏面來。她央求薔薇和白玉蘭從牆外把頭探過來，把香氣送到院子裏面去。她請小白兔在土裏鑽個洞洞，跑到院子裏面。從此，在香甜的空氣中，蝴蝶兒飛來跳舞了；在青青的草地上，小兔子跳躍着玩起來。孤兒院成了熱鬧的地方，孤兒們不再感到那麼孤苦伶仃了。

真的，有了懂得熱愛的母親的關心，最醜陋的地方也會變成最美麗的地方呀。

小女兒跟孤兒們一起長大，可是她長得比別人迅速，她的肌肉是結實而健美的，她的精神是明朗而活潑的。她的身體是那麼健康，智慧是那麼成熟，看起來至少比和她在一起的孤兒大兩三年。沒有爹娘的孩子看見了比自己還大的人，都喜歡親近她，依偎她，把她當成是姊姊。可是，當他們一接近那月亮的女兒的時候，好像走進了陰森森的樹林，接觸着冰雪一樣。大家不但打消了依偎她，要從她那裏得到溫暖的念頭，反而可憐她，要把溫暖送給她。大家不把她當做可敬的姊姊，而是把她當成一個可憐的妹妹了。

夜深了，人們睡熟了，小女兒望着頭頂上的月亮媽媽説：「媽媽呀，你站得高高的，我長得也不矮小。你在高處把你的光輝照撫着無數的人。可是，我為什麼就不能像你一樣，還要別人來愛撫我，關照我呢？」

月亮回答她説：「孩子啊！你的媽媽也是像你一樣冷淡無光的。媽媽的光只是向太陽借來的啊！」

小女兒的眼睛亮了：是啊，她也要學她媽媽的樣子。媽媽向比自己偉大的東西借光，她就要向比自己偉大的人

要熱。天空裏只有一個太陽，可是人世卻有着許多許多可愛的孩子啊！

孤兒院裏有個姚娃，孩子們都喜歡她，因為她常常把東西分給同伴們。小女兒也學她一樣，她自己越需要的東西，她就越是要把它分給別人。因為孤兒院裏面分的東西不多，而大家都是很需要那種吃得飽的、穿得暖的東西的。小女兒寧可自己挨點餓，受點凍，把吃的穿的分給別人。她每拿一樣東西給同伴們的時候，那些同伴握一下她的手，她的手就一點一點地暖和起來了。

孤兒院有一個男孩子強強。孤兒院每次勞動的時候，他都把重擔子搶着放在自己的肩頭上，把別人不願幹的活都攬在自己的身上。小女兒就跟他競賽。憑着她從兔子那裏學來的蹦蹦跳跳的本領，從蝴蝶那裏學來的會飛會舞的本事，她幹起活來比誰都快。她歇下來的時候又比誰都恢復得更快，還會讓大家歡歡喜喜地克服疲勞。大家多麼喜歡跟她一起勞動，跟她一起玩呀。當她跟大家一起流過汗之後，她就覺得渾身一陣熱了。

孤兒院裏有個菊兒，最會關心別人，是孤苦的孩子們的知心人，是生病的孩子的不可缺少的護士。小女兒跟她在一起，學習怎樣去關心同伴們。憑着她那看慣了雲霞變

幻的眼睛，別人的眉頭還不曾皺起來，她就觀察到人家心裏的苦惱。別人還沒有哼哼唧唧半句，她就知道他正在受疾病的折磨。她對孤兒們那麼無微不至地關懷，孤兒們再不感到她是冷冰冰的了，而且覺得哪裏有了她，哪裏就有了溫暖。於是，大家就真的感到她是一個姊姊了。大家都疼愛地喊她做「我們的姊姊。」

不久，很大的不幸到來了。那一年發生了很大的旱災，農業欠收了，跟着就是瘟疫流行。人們再沒有多餘的糧食送給這些孤兒了。在一個晚上，孤兒院的管理人，扔下了孩子們，悄悄地走了。

主管人走了之後，孤兒院裏發生了很大的騷動，因為不但吃糧食發生了困難，連喝的水也沒有了。月亮的女兒就起來對大家説：「我們別灰心，既然沒有人管了，我們就自己管自己吧。我們遲早總是要自己管自己的呀。我們決不會白白餓死、渴死，我們也不能坐着等死。強強力氣很大，他會帶領我們去掘井。我們幾百雙手兒總能把地上鑽出個小洞洞的。井挖出來了，水就有了。可以給我們解渴，可以給我們種糧食，我們就什麼都不怕了。」

於是，孤兒們就開始刨地挖井了。他們吃的是那麼少，用的力是那麼多，曬焦了的土是那麼乾巴巴的，他們挖了

多少個日日夜夜，水就是不出來。

水沒有出來，疫症卻開始降臨這個孤兒院了。那個年紀最小的菊兒，最關心別人的菊兒，最先染上這可怕的疫症了。姚娃把自己最少的一份口糧分給她，她一口也吃不下了。強強使勁從泥土中榨出水給她喝，每次只能給她潤潤嘴唇罷了。她那蒼白的臉上燃燒着火一般的紅潮，一會兒醒來，一會兒睡着，成天都是昏昏沉沉的。

那天晚上，月亮的女兒坐在菊兒的牀前陪着她。菊兒，從前是生病的孩子們不可缺少的護士，現在，月亮的女兒卻給她當護士來了。月亮的女兒其實也快跟病人差不多了。她挖過泥的指頭結着血塊，乾涸的喉頭像燃燒一樣。她聽到後面有人在議論她：「看啊，誰説她比我們大，看她的樣子，像乾癟了似的，簡直比我們小兩歲啦。」

又有一個孩子説：「是啊，也許，我們稱她做『我們的妹妹』比『我們的姊姊』還合適吧。也許，她沒有力量再幫助我們了。」

這時，月亮剛從雲端裏把頭探出來，用慈愛的、悲哀的眼睛望到地上。

「媽媽啊！」月亮的女兒叫着，她低聲哭起來了。

月亮用慈愛的眼睛望着那小女兒，用柔和的光輕輕地

撫着她的頭髮，吻着她的臉說：「我的女兒，不要哭了，幸福的時候快要到了，你就要回到我的懷抱中來了。因再過十天，你就滿十二歲了。」

「可是，我怎能熬過這十天呢？我們只能再熬過三天罷了，我的好媽媽。」小女兒說。

月亮說：「從這裏往東走一百五十里，就有一個沒有飢餓、沒有疾病的地方。太陽曬紅了的果子是美味的有營養的糕餅，瀑布裏濺着的飛沫就是甘香的牛奶，人們把孩子看成是寶貝而不是負擔。這個地方，平常的孩子要跑三天才跑得到，可是你只要兩天便可以跑到了。因為你的能力比他們都強。我曾叫燕子教你飛翔，小鹿教你跑步的，你必須現在就走。因為我已到了下弦，只可以在今明兩個晚上照耀着，使你看得見走路。那樣的路是沒有辦法摸着黑走的啊。」

「那麼，我必須捨棄我的同伴嗎？」小女兒問。

月亮遲疑了一會兒，說：「是的，你要離開他們。」

小女兒沒有做聲，張大着眼睛望着她的母親。

月亮又柔和地說：「我心愛的孩子，你想想吧，要是你留在這裏，你就會飢餓地死去。萬知老人還說過，那時候你就會碎為千片萬片的。我的好女兒，聽聽媽媽的話

啊！」

小女兒站着，還是沒有做聲。

月亮又説：「還是答應我吧，我的女兒。想一想你的母親吧。當你碎成千片萬片的時候，母親的心也會碎成千片萬片的。我的兒，你忍心看見母親的心碎嗎？」月亮簡直要流下淚來了。

小女兒的心疼起來了。她覺得心裏的痛苦比她的指頭和喉頭上的痛苦還厲害。她抬起頭來説：「媽媽，你不要哭了，我聽你的話就是了。」

於是，她就站了起來，剛走了幾步，忽然聽到有人低聲叫着「我們的姊姊」的聲音。她停下腳步來，原來叫她的人就是病着的菊兒，她便跑回牀邊去。

菊兒用熱燙的手，拉着「我們的姊姊」的手，説：「我們的姊姊，是誰在説話呢？那麼甜，那麼溫柔，我從來沒有聽見過的，是母親的聲音嗎？你也聽見麼？」

月亮的女兒説：「是的，我也聽見。」

菊兒説：「我還聽説那裏有一個沒有飢餓的地方，太陽曬紅了的果子是美味的有營養的糕餅，瀑布上濺着的飛沫就是甘香的牛奶，人們把孩子看成是寶貝而不是負擔。那是一個多好的地方，你也聽到麼？」

「聽到了。」月亮的女兒説。

「那麼你要去麼？」菊兒急切地問她。

月亮的女兒的心亂得像一團麻似的。因為月亮媽媽此刻正在天空裏等候着她，叫喚着她，等她下決心回到她的身邊去呢。她沒有回答菊兒，卻用問話代替了回答。

「菊兒，你説啊，我該不該去那裏？」

菊兒充滿了希望，快樂地説：「該去，該去！你再弄清楚那路程，把大伙兒都帶去吧。讓大伙兒都吃到那好吃的糕餅和甘香的牛奶，讓大伙兒都聽到母親的慈愛的聲音。我們的姊姊，你能夠帶我們去嗎？」

月亮的女兒噙着眼淚，低着頭沒有做聲。

菊兒懷疑地説：「我們的姊姊，你為什麼不回答我？難道是因為我有病了，就不能走到那兒去？那麼，你們就撇下我一個人好了。大夥兒都沒有過過好日子，大夥兒都要過好日子的，就扔下我一個人吧。」她又失望地説：「我們的姊姊，為什麼你不答應我呢？既然有那麼好的地方，為什麼你不帶大夥兒去呢？啊！大概我是做夢吧。也許我是快死了。我從來沒有聽過母親的聲音，為什麼這個時候會聽見呢？那麼，就讓我再聽一回吧。」她又閉上眼睛，迷迷糊糊地睡着了。

　　月亮的女兒從菊兒的牀邊跑出來，眼淚還在她的眼眶裏，當月亮照到她臉上的時候，她便說：「媽媽，剛才你聽見了嗎，難道我就只能一個人跑了去，再沒有別的辦法麼？」

　　月亮搖搖頭，說：「孩子，難道我不曾給你們想過麼？他們那樣瘦弱，他們已經沒有氣力了。三天他們還不能跑到那裏呢。你跟着他們一起對他們又有什麼用處？你何苦要跟他們一起死呢？」

　　小女兒說：「媽媽，要是沒有別的辦法，只好讓我和他們一塊兒走吧。我們曾經在一塊兒生活過來，我的身上有他們的熱，我的心裏有他們的理想。媽媽啊！我們大夥兒在一起的時候就來了勁，就有了幸福的未來，說不定，我們還有希望跑到那個地方去呢。」

　　月亮說：「孩子，你們還有什麼希望呢？除了你以外，誰也不能在兩天內跑到那個地方去的。而且，你的責任不是已經盡完了麼？你不是已經幹得夠多了麼？你看，你已經消瘦了，已經弱小了。當我把你送到人間的時候，你是那麼白白胖胖的。當我教導着你的時候，你又是那麼精神飽滿的！可是現在，工作的困難把你折磨得多厲害！光輝快要在你的眼睛裏消失了，笑渦也許久沒有在你的臉上露

出來了。可愛的小女兒，你的年紀還小呢。」

月亮輕輕把眼淚抹乾了，又說：「你到井邊照照你的樣子吧。你變得多厲害啊，我的女兒！」

小女兒跟着月亮走過去，到了井邊，望下去，井水正印着她那瘦小可憐的面孔，可是她並沒有注意到這個，她注意到另一樣東西：「水啊！媽媽！」她叫着。

月亮的眼睛也亮了起來。

　　小女兒把水桶吊下去，打上來的是潔淨的水。她掬了一掬水擦擦眼睛，涼涼臉頰，水的清涼直透她的心脾。她的身上彷彿輕起來了。她對月亮媽媽說：「媽媽，你看，這是真的水！是兄弟姊妹們用雙手挖出來的水。它使我的頭腦也變得清爽了。它一定會使我們失去了的力量回到身上來。媽媽呀，我早就說過我們是有希望的。我要把這消息告訴大家，也許，我們不到三天就能到那個地方了。」

　　月亮知道女兒的意志是不可挽回的了。她歎着氣說：「好吧，孩子，和大夥兒一起走吧。如果後天早上你們還沒有趕到，那麼，我只好忍受一切了。孩子，我算是白把你帶到世上十二年了。」

　　小女兒說：「媽媽，沒有的事！您並沒有白把我帶來世上十二年！媽媽，希望就在前面。世界上既然有那麼甜甜的地方，孩子們一定會在那裏生長的呀。」

　　於是，小女兒就在這有水的井邊集合了大家，把那個沒有飢餓的、甜甜的地方告訴了大家。孩子們掬着水喝，用水洗澡，身上的疲勞給消除了，心裏的憂慮都洗滌去了，力量又回到他們的身上了。他們一點也不遲疑，向着東方出發。而我們的姊姊，更覺有了雙倍的力量。當強強和姚娃他們為大家背起路上要用的水時，她就一個人把菊兒背

上，跟大家一起走路。

月亮用悲哀而慈愛的眼光引導着他們，在那崎嶇不平的山路上走着，在那野樹叢生的土地上走着。那確是一條不容易走的路。到了第二天，孩子們的腳起了血泡，腳步越來越不像開頭那麼快了，但是他們依舊向前走着。到了晚上，月亮快要下去了，她的心特別悲痛。看了孩子們的走路，右歪左倒的，有時還免不了摔跤，她便想到她那小女兒初學走路的時候。那時候她看着她一步一步走向成長；可是，現在，她好像看見她一步一步走向死亡啊！可是，她就是要在這個時候，眼看着他們要走向死亡的時候，離開了他們的呀。她沉痛地在每一個孩子的額頭上都留下了一個慈愛的、告別的吻。而在她的女兒的臉上，卻停留得特別久，因為她曉得，這是最後一次了。「勇敢前進吧，我的孩子，你的熱血簡直要流到媽媽的心裏了。我沒有白把你帶到世上十二年啊！」她說過了最後的一句話，就隱到山後面去了。

到了第三天晚上，是沒有月亮的晚上了。周圍一點兒光亮也沒有，到處都是黑漆漆的樹林。頭上沒有月亮，可地下還不時有黑洞洞的深淵呢。

有一半的孩子走不動了，他們被大孩子背着。他們的

心裏很害怕，可是嘴裏卻一聲不哼。他們的眼睛充滿了淚水，但是他們竭力忍着。為了不讓淚珠兒流下來，他們咬着嘴唇，抽着氣，嘴唇都給咬得出血了。

在「我們的姊姊」背上的菊兒哭起來了。她說：「我們這樣子走，再也不能前進多少的。你們不如把我們這些病的、傷的都留下來，你們先走吧。」

姚娃說：「要活大家一起活，要走大家一起走。你們留下來，我們也不走了。」

強強說：「我們一定要走，幸福的土地就在前面，我們一定要趕上去。災難、瘟疫的地方一定要遠遠拋開。只要我們有一點兒光，我們就能看到路。我不能扔下誰。」

「我們的姊姊」很難過，心彷彿要爆裂了。月亮媽媽不能再給他們一點點光明，兄弟姊妹們她一個也捨不得扔下啊！樹林裏颯颯地颳着風，遠處有一隻鸛鳥在飛着，叫着，提醒她要記得她的命運。她要不就自己跑到那幸福的地方去，要不就準備接受那可怕的命運。

突然，「我們的姊姊」站了出來，勇敢地對大家說：「我有母親，大家沒有母親。我就要像母親一樣照着大家。」

說過了這話，她就縱身向天空一躍，立刻她就化成了千片萬片飛上天去，成了千片萬片光閃閃的東西，發出耀

眼的光芒，這就是從前天上所沒有的——星星。

這就是月亮的女兒——星星的故事。沒有月亮的晚上，星星總是替月亮照着大地。孩子們也最愛星星，他們唱星星的歌，用小手指數着星星。星星是數不盡的，因為它們是要陪伴許許多多的小朋友的。天下的小朋友數不盡，星星也是數不盡的。

月亮是冷冷的，可是許許多多的星兒卻是熱熱的。這是千真萬確的事實，不信你就去問問你的地理老師吧。要是老師告訴你其他的理由，你就把這個故事告訴他，説：「孩子們愛星星，星星也染上了孩子們的熱和愛呀。」

# 埋藏了的陽光

天下着雨，雨點灑在沙丘上面，「的的篤篤」地在地上鑽出了許多個小洞洞。沙，就跟着雨點向周圍跳躍，一忽兒跳過去，一忽兒又跳回來。雨停下來的時候，地面上就布滿了許多大大小小的圓圈圈的圖案。

在一個小小的圓圈圈的中心，一棵小松樹伸出了他的翠綠的嫩芽兒，開始了他的蓬勃的生命。

「我終於跑到這世界上來了！」小松樹激動地歡呼着，睜大着他的眼睛到處張望。唏！你別以為松樹沒有眼睛。當你看松樹的時候，松樹也在看你們呢。每個孩子都有自己的故事，小松樹就有小松樹的故事，不信那就請聽聽吧。

小松樹現在覺得他最快樂不過了。他一睜開眼便看到那燦爛的陽光，太陽是慈愛地撫摸着他呢。在太陽對面，一條七色的彩虹正跨在藍色的天空上。在彩虹底下，一切東西都給雨水洗得乾乾淨淨。彩色繽紛的花瓣繡上了晶瑩的水珠，每顆水珠都反映着彩虹的絢爛的顏色。碧綠的芳草更加碧綠，清風過處，猶如一片泛着漣漪的海水。

「生命是多麼的可愛啊！」小松樹叫着。

可是大家卻又覺得這棵新鮮的小生命特別可愛。孩子們走過的時候，都互相警告着：「不要踐踏這可愛的小松樹，他要和我們一樣健康地長起來吶！」

在大松樹上面結窩的一隻燕子媽媽也吩咐她的小寶寶說：「你們飛去找東西吃的時候，不要啄着那美麗的小松樹，他是像你們一樣嬌嫩的啊！」

松樹媽媽離開小松樹有幾十丈遠，她的年紀已經很大了，皮皺了，肚子裏打滿了密圈圈。她常常托微風把一兩

首兒歌，一些故事，一些謎語帶給小松樹。微風阿姨唱的歌是好聽的，講的故事也是吸引人的。可是，有時，微風卻粗心地把謎兒和謎底都一起帶下去，那就不用猜啦。

在暖和的陽光底下，在大家的關懷中，小松樹漸漸長大起來了。他是茁壯的，惹人愛的。小燕子的飛翔本領也越來越高了，他最愛繞着小松樹來滑翔，用黑得發亮的翅膀兒拂動小松樹的嫩綠的小針葉，用那呢喃的、牙牙學語的聲音給小松樹說故事，講新聞，又要小松樹把聽到的故事告訴他。

「我的媽媽飛過很多很多的地方，遇見過各種各樣的人。她是一個旅行家。」小燕子說。

「我的媽媽經歷過很多很多的年代了。她腳跟站得牢，頭抬得高，眼睛望得遠，是一個觀察專家。」小松樹說。

「我的媽媽說，她遇到過一些很聰明，很聰明的人。他們告訴她，將來的世界，人們彼此相愛，不暗算別人，也不打架，人們都像兄弟姊妹一樣。在那兒只有一樣競賽，就是誰更會愛護別人，誰更會使別人生活得更快樂。」小燕子吱吱喳喳地說。

「那不過是你媽媽的想像罷了，」小松樹眨着眼睛在想着，他對小燕子說，「我媽媽可是親眼看見過的。很古

很古的時候，有一種很龐大很龐大的動物，長得頂兇頂兇，胃口又頂大頂大，牠看見的地方都要霸佔，牠看見的動物都要吃掉。後來，牠就給別的動物打死了。」

「我不相信有這麼霸道的動物！」小燕子說。他剛剛在春天裏出生，他相信一切東西都永遠是春天那麼可愛的。

「我也不相信將來的世界是那樣的！」小松樹堅持着說。他雖然也是春天裏生，春天裏長大的，可是媽媽卻常常教他要準備着跟寒冬作鬥爭的哩。

「我媽媽說那個日子就快要到來的。因為全世界的人都盼望着過那樣的日子，那樣的日子就一定會在世界上出現的。」小燕子吱吱地急忙忙的說，下巴那塊紅色更紅了。

「我媽媽說的話也是千真萬確的。動物不是都一樣的，有吃動物的動物，有不讓動物吃掉的動物。人啦，也不會一個樣，會有人盼望這個日子，也會有人盼望那個日子哩。」小松樹把松針兒搖得沙沙作響，增加他說話的力量。

這時，孩子們又跑到沙丘上玩耍起來了。他們聽見小燕子喊喊喳喳，小松樹嚇嚇沙沙的聲音，以為他們在吵架，就說：「你們幹嗎要吵嘴呢？這裏不是很好玩，很可愛嗎？小松樹呀小松樹，你長得多麼可愛，多麼翠綠。我們的老師說過，綠色就是和平的象徵啊！」

　　小燕子和小松樹都悄悄地笑起來。小松樹更覺得無比的快樂，他有着象徵和平的綠色，那不是很值得自豪的嗎？

　　第二天，小燕子又飛來跟小松樹談話了：「我問過媽媽了。媽媽說，從前是有過那些大動物的。她還在自然歷史博物館裏看見過牠們呢。不過牠們都不會再吃動物的了，都是硬梆梆的骨架了，誰也不怕牠們了。不過，媽媽說，這些東西不算兇，有一樣東西比牠們更兇，那東西的名字叫做戰爭。」

　　「不相信有比那些大傢伙還要兇的東西！」小松樹說。

　　「真有的！媽媽說過的，那些大傢伙不過一個動物一個動物的吃，戰爭卻是一堆人一堆人的吃。」小燕子說。

　　小松樹又把眼睛睜得挺大挺大的。說：「我反正不相信，要是戰爭有那麼兇，人們為什麼不吃掉它呢？」

　　可是，他們卻沒有時間去細細研究，因為孩子們又到沙丘上玩耍來了，如果再辯論下去，他們會以為小燕子和小松樹又在吵架啦。孩子們是很喜歡這沙丘的，他們常常來唱歌跳舞。他們最愛看那紅胸膛、剪刀尾巴的小燕子和他們認為象徵和平的小松樹。他們在這小沙丘上建立起不尋常的友誼，好像春天永遠在他們中間似的。

　　但是，春天還是不能長久的，這並不是因為夏姑娘就

要到來，而是因為一些可怕的消息逐漸把春天的氣氛趕跑了，這就是「戰爭」的消息。有一天，這消息突然從微風中吹過來了。後來，這樣的消息就越來越多了，連孩子們也常常提到戰爭了：

「戰爭要來啦。有些人硬是要來霸佔這裏。他們說沙丘上的每一粒沙子都是他們的祖宗的。」

「戰爭要來啦。戰爭不讓我們好好讀書，前天一顆子彈打中學校的旗桿，昨天一顆炮彈打碎了學校的門窗，我們的學校要停課了。」

「戰爭不讓我們好好地生活，我們要搬家了！」

「我們恐怕再不能到這裏玩了……」

真的，來玩的孩子漸漸少了。有的雖然來了，卻也不像從前那樣無憂無慮地在玩耍，而是眼睛噙着淚，手握着手，說着再見和珍重的話。小松樹的心腸是幼嫩的，他不願意聽那樣使人難過的話，有時勉強地瞇住了眼睛，不看他們。只是，有一個叫做阿義的孩子卻叫他很高興。阿義好像不曾給戰爭的消息苦惱過，他還常常勉勵他的同伴們，要樂觀，要勇敢，不要怕霸王，也不要怕戰爭。他折了一桿竹枝，當馬兒騎着；摘了一朵大紅花，在衣襟上別着；摘了一塊竹葉，捲起來當喇叭吹着。這樣，每個孩子也跟

他一樣，一面演習着，一面在唱：

> 騎白馬，
>
> 戴紅花，
>
> 喇叭吹起嘀嘀噠！
>
> 誰敢來稱霸，
>
> 打呀打倒他！

唱呀唱的，大家都精神振奮起來，再談到戰爭，就不談它的恐怖，卻想到要勝利了。

孩子們一個一個地離開了沙丘，阿義，又是最後離開沙丘的一個。

正在這個時候，小燕子卻飛來向小松樹辭行了。

「你也離開我嗎？」小松樹説，「我已經夠寂寞了。」

小燕子也哭着説：「我也和你一樣寂寞呢！可是，媽媽説，戰爭會毀掉我們的窩，這裏不能再住了。」他看見小松樹在抖動着他的針針，針針上還閃着珍珠一樣的眼淚呢。小燕子便安慰他説：「小松樹呀，你不要難過，我們還會回來的。媽媽説，人類終要吃掉戰爭，像動物吃掉那大傢伙一樣。她親眼看見過，歷史博物館裏面最兇最兇的

大傢伙，結果都被消滅掉，博物館裏還有許多這樣的圖畫和故事呢。等我們飛回來的時候，我一定要告訴你，你好好等着吧。」

小燕子飛得低低的，把那鮮紅的小胸脯輕輕地碰着那翠綠的小松樹，用那剪刀一般的尾巴拂動他的小松針。小燕子轉了幾個圈兒，小松樹抖動了幾下，松針上的露水滴到泥土上，小燕子也哭起來了。

這時，松樹媽媽便託風阿姨告訴小松樹：「好孩子，別傷心，戰爭會過去的。我看見過許許多多了，從古到今，人類都不愛戰爭。有一天，永久的和平就會出現的。我們松樹是永不會屈服的，我們等着吧。有一天，我們要用我們的綠色裝飾全世界，讓和平永遠留在人們的心裏。」

小松樹搖乾了眼淚說：「是的，媽媽，我相信你。阿義就這樣說過，他和他的爸爸還去迎接那兇惡的戰爭呢。可是，現在我多捨不得我的朋友呀。」

戰爭一天一天的迫近，氣氛也一天比一天變得恐怖了。空氣裏充滿了血腥的氣味，連和平的人們也遭到了屠殺。松樹媽媽站得很高，她什麼都看到了，她可沒有把什麼都告訴小松樹。可是，從一些怒吼着的風聲中，小松樹已聽到媽媽切齒的聲音了。

戰爭持續了一個時候。忽然，有一天，一羣殺氣騰騰、鬍子拉碴的漢子走到沙丘上面來，他們的眼睛射出了兇狠的光芒，他們的手上染滿了殷紅的鮮血。

松樹媽媽告訴小松樹説：「孩子，提防着啊，這些就是發動戰爭的人了。」

那羣漢子看見了那株高聳入雲的大松樹，就興致勃勃地説：「這株大松樹長得多好，正好給我們砍下來做槍桿子，刀把子，那就可以殺死更多的人了。」

於是，他們就動手動腳，用斧頭來砍那株大松樹。松樹媽媽叫痛的聲音使小松樹憤怒得發起抖來。

159

　　這些大漢一直砍到晚上，砍不斷，他們就用松枝在沙丘上點起火來，照着亮，繼續砍下去。

　　松樹媽媽再也忍受不住了，她毅然下了決心，對小松樹說：「孩子，我靜靜地站在這裏等待和平等待了許多年了，可是，今天，我才知道，不作聲，不做什麼，只是夢想着點綴和平是不可能的。孩子，你記得我講過古時候那些可怕的大傢伙吧，你不殺牠，牠不會死掉。牠吃得再多，也斷斷不會給撐死的。我現在再不等待了。」於是，她猛地把身子一扭，驚天動地地「啪嗒」一聲，向前倒下去了。

　　她壓熄了那團熊熊的火焰，她壓倒了那羣殺氣騰騰的惡人。可她也刮傷了小松樹的枝椏，深深地傷了小松樹的心。

　　小松樹痛哭着說：「我的好媽媽啊！你就這樣去了嗎？」

　　「不！孩子！我不是去了。」松樹媽媽用她的最後一口氣說，「我們松樹是永不屈服的。幾萬萬年以前，我們的祖先，也跟其他的樹木一齊被壓在地下。可是他們並沒有給毀滅了，他們都變為最富有熱力的燃料——煤，人們稱他們做『埋藏了的陽光』。今天，我倒下來了，說不定我也會像我們的祖先一樣，將來還能夠為人們做出貢獻呢。堅強點，像棵松樹的樣子，不要哭吧。」

　　可是，小松樹還是禁不住要哭。他現在已是一個孤兒了，再沒有人教他，再沒有人給他講故事，唱歌，猜謎語，再沒有像媽媽那麼疼愛他的人了。

# 豆豆看天星

豆豆最愛看天上的星星。她房子裏有一面向東的窗，每天晚上，星星從雲裏探頭出來看她，她也從窗裏探頭出來看星星。在月明星稀的晚上，她望着那緊密地跟着月亮走過遼闊的天空的孤星，想像着它多麼地友愛和勇敢！在沒有月亮的夜裏，她望着滿天繁星，或自由自在地在天空

撒歡，或組成銀河，橫跨長空，是多麼地調皮和有趣啊！

　　一個夜裏，豆豆正在望着天星的時候，一顆流星突然從天上掉下來，像箭一樣在天空劃了一條光線，就消失得無影無蹤了。

　　「啊呀！」豆豆的心震了一下，「可憐的星星，如果我能把它撿起來，那該多好！」

　　她知道，星星掉落的地方那麼遠，她是沒辦法趕到那裏的。但是，她又想，這不過是她看見的一顆流星，她還沒有看見的流星一定很多，也許有一些就落在她的周圍呢，於是她決心去找一找。

　　她走到離家不遠的一棵樟樹下面，問樟樹：「樟樹爺爺，你站得高，看得遠，你可看見哪裏有掉下來的星星嗎？」

　　樟樹說：「有！有！有！就在我旁邊那個小池裏。池裏的小魚還常常跟它們捉迷藏呢。你去問魚兒吧，這些傢伙連睡覺時眼睛都睜開着，什麼都看得清清楚楚的。」

　　豆豆就走到小池旁邊，池水裏星光閃閃，這兒幾顆，那兒幾顆，星光照到在睡夢中也游泳的魚兒身上，這兒幾條，那兒幾條，每條魚的每片鱗都發出銀色的光彩，隱隱約約，好像風雨來臨之前，布滿天空的魚鱗雲。豆豆看得

出神，正想向魚兒詢問的時候，一片樟樹葉從上面飄了下來。於是，池水裏泛起了一陣光的漣漪，搖晃着，搖晃着，把所有的星星和魚鱗雲都搖走了。

豆豆失望地告訴樟樹説：「樟樹爺爺，謝謝你！不過，池裏面沒有星星，只有星星的影子罷了。」

樟樹抱歉地説：「既然我幫不了你的忙，為什麼還謝我呢？唔，你再走過去就可以看到一棵比我更高的樟樹，樹頂有一窩鳥兒。每天牠們回來睡覺時，星星剛好露頭；早晨，牠們飛出去捉蟲子的時候，星星還沒有消失。也許，牠們可以把星星的行蹤告訴你吧。」

豆豆向樟樹爺爺道謝，就回家睡覺了。

到了第二天早晨，豆豆提早了一個鐘頭上學，到了那高高的樟樹底下，仰着頭問：「巢裏有鳥兒沒有？」

鳥窩裏吱吱啾啾的兩個聲音一齊回答：「你是找我們的爸爸媽媽吧？牠們都捉蟲去了。」

豆豆説：「那我就找你們，你們看見過有落在地上的星星沒有？」

那長得小一點的鳥兒先説話：「我叫啾啾，我們是孿生兄弟，我們出生以後還沒看見過月亮圓過呢！星星的事情我們一點兒都不知道。」

但是，那長得大一點的鳥兒卻搶着説：「才不！星星的事兒我知道一點兒。我叫吱吱，我是哥哥，這兩天爸爸媽媽飛出去的時候，我張開眼睛看草地，地上的星星又多又亮，看呀看呀我就睡着了。到爸爸媽媽啣了蟲子回來餵我吃，吃飽了就再也看不見星星了。因此我總懷疑是在夢裏見到星星的。」

小鳥啾啾説：「也許我哥哥真的是在做夢，好姐姐，明天你自己再來看，媽媽會告訴你的。」

豆豆快快不樂地走了。到了第二天，天麻麻亮的時候她就起牀了，走到那鳥巢底下。小鳥沒有騙她，在那一片青葱的草地上，鋪滿了閃亮的星星。吱吱在樹上叫她説：「好姐姐，這不是夢吧？星星都從天上下來了，你小心走，不要踩着它們，你動一動就會把它們嚇走的。」

這時，太陽冉冉從東方升起，霞光一照到草地上，那些星星便蒙上了一層虹彩，更亮澤，也更可愛了。豆豆站在那裏，身體動也不動，眼睛眨也不眨地望着，把一切都忘記了。太陽上升多快她也看不見，照得她身上多暖和她也感覺不到，直到太陽越升越高，草上的星星也就一點點地蒸發，一點兒都看不見了。

豆豆急得在樹下哭了起來。

鳥媽媽已從外面飛回來了，牠驚訝地問：

「小姑娘，為什麼哭？爸爸媽媽沒有給你弄早餐吃嗎？」

鳥寶寶便告訴媽媽：「我叫這位姐姐來看地上的星星，但是太陽公公把星星都收回去了。」

鳥媽媽便對豆豆説：「好姑娘，不要哭，這不是星星，

只是露珠，是晚上凝結在草葉上的露水，早晨它們總要隨着陽光蒸發的。」

豆豆說：「可是我親眼看見星星從天上掉下來的，難道我在地上永遠都找不到它嗎？」

鳥媽媽想了一想，安慰她說：「我有一個很聰明的朋友，頭腦靈活，行動迅速，晚上出現的東西牠都能看得清清楚楚，也許牠可以告訴你。」

豆豆說：「牠在哪裏？」

鳥媽媽說：「牠是貓頭鷹博士，月亮上升的時候，到這裏來你就可以看到牠了。」

豆豆抹乾了眼淚，謝過了鳥媽媽就走了。

豆豆整天盼望着黑夜快快來，可是她從來沒有在夜裏獨自出去過，該怎樣告訴媽媽呢？

她放學回家，媽媽就一直在廚房裏忙着弄晚飯，吃過了晚飯，媽媽還在廚房裏忙着。好不容易她才找到一個機會對媽媽說：「我有一個秘密，你想知道嗎？」媽媽也微笑着回答：「誰都可以有秘密，你有我也有，誰都可以保留那秘密呢。」媽媽繼續忙她的事，豆豆就悄悄地離開了。

豆豆走到大樟樹那裏，看見樹林中有一雙綠瑩瑩、圓滾滾的眼睛在望着她。

這雙圓眼睛看見了豆豆就立刻閃成彎彎的線，眼睛的主人問豆豆説：「豆豆，你是來找我的嗎？」

豆豆的心撲撲地跳起來，説：「你一定是貓頭鷹博士了。你怎麼會認識我呢？」

貓頭鷹説：「哦，我從你出生那一天起就認識你了。每天我飛過你窗前的時候，總聽到有個人甜甜地叫着『豆豆』，甜甜地唱着歌哄『豆豆』睡覺。一年一年過去，那聲音又催『豆豆』起牀，催『豆豆』讀書和玩耍，那聲音也像唱歌一樣好聽。」

豆豆快樂地説：「那是我的媽媽呀！貓頭鷹博士，你這麼聰明，可知道我為什麼找你嗎？」

貓頭鷹説：「你一定是來找星星的。」

豆豆更奇怪了：「啊呀！你怎麼知道？」

貓頭鷹説：「每晚，我飛過你窗前的時候，都看見你在看星星。而且，天上有一顆星星也託我找你呢。」

「是哪一顆？」豆豆激動地説。

貓頭鷹説：「別忙，這是一顆剛剛命名的星星。你知道，所有星星的名字都是人類給它們起的。有的是英雄，有的是美人，還有的是故事中的主角的名字。我飛到最高的地方，看到一顆很小很小的星星，在我眼裏它小得像一顆豆

子，它誠心地請我這博士給它命名，我就把我聽過的一個最甜蜜的名字給了它，就是你的名字『豆豆』！」

豆豆說：「它會下來找我嗎？像流星一樣跳下來嗎？」

貓頭鷹說：「恐怕不可能了。星星只能規規矩矩地在天上跟着軌道轉。如果一不小心像流星那樣飛下來，就會化為灰燼的。不過如果有些真的能墜到地上來，哪怕在粉身碎骨之後，就只有一點一片，它們也會成為千姿百態的岩石，形成奇形怪狀的岩洞供人類欣賞的。」

豆豆說：「那麼，我希望它還是留在天上，時時刻刻都那麼美麗。」

貓頭鷹說：「可是，它告訴我，地球才是全宇宙裏最美麗最幸福的星星呀。因為只有地球上才有空氣，有空氣才有生命。它希望有一天它那裏也有着媽媽和孩子，它才不寂寞呢。這是它叫我捎給你的話。」

正在這時，傳來了一個甜甜的聲音：「豆豆！」

貓頭鷹吃驚地說：「難道豆豆星親自來了？」

豆豆堅決地說：「不是它，那是我媽媽的聲音！」她一回頭，媽媽像聲音一樣快，已到她面前了。

豆豆說：「媽媽，你怎麼知道我在這裏呢？」

媽媽說：「我不是說過每人有每人的秘密嗎？從你這

兩天的行蹤，我就偵察出你的秘密來了，原來，你是和星星有個約會啊！」

豆豆説：「媽媽，你真是博士中的博士呀！」

媽媽説：「可是，媽媽知道你的秘密，你卻還不知道媽媽的秘密，你只記得和星星的約會，就忘記了和媽媽的約會了。」

約會？豆豆抬頭望天空，天上跨着一條淡淡的銀河，銀河兩邊有兩顆閃爍着的明星──牛郎星和織女星。她頓時記起了今天是農曆七月七日，年年此日，媽媽都和她有個約會，她怎能忘記呢？她湊在媽媽耳邊説：

「好媽媽，給我唱首生日歌吧！」

在甜甜的歌聲中，媽媽打開了手上的包裹。裏面有一個美麗的生日蛋糕，剛剛出爐的香氣衝到豆豆的鼻子裏。當然還有豆豆愛吃的糖果，還有沒充氣的彩色氣球。媽媽在蛋糕上面插上了七支蠟燭，把蠟燭點燃，頓時黑沉沉的夜裏便開出了七朵紅色的火花。火花下面的小草露出了青葱的顏色，周圍的房子的剪影特別分明，天上銀河遙遙相對，多麼美的一個魔幻世界！豆豆抱着媽媽説：「『豆豆』説得對，地球才是宇宙裏最美麗的星星呀！」

媽媽奇怪地望着豆豆，説：「當然，豆豆，你説的話

是對的，快把蠟燭炊熄，許個心願吧，豆豆的心願也一定
會實現的。」

豆豆嘟着嘴，先把那彩色氣球吹了起來，然後一口氣
把蠟燭吹滅了，説：「讓我這氣球飛到星星上，撒下空氣
的種子，讓星星上有生命，幸福的星星滿天飛吧！」

「幸福的星星滿天飛！這願望多好，這是自從我和你
有約會以來最美好的願望。豆豆，你想星星會聽到嗎？」

豆豆肯定地説：「星星一定會聽到，因為我們之間有
信使呢！」

豆豆用眼睛去搜索樹林裏的貓頭鷹，不知什麼時候貓
頭鷹已經飛走了。

就在這個時候，一羣帶着晶瑩的光的螢火蟲，在空中
飛舞，由遠而近，或上或下。誰知道牠們是從星空裏下來
還是飛上星空去的信使呢！

# 附錄：黃慶雲主要的兒童文學原創作品

| 出版時間 | 作品名稱 | 出版社 |
|---|---|---|
| 1942 | 中國小主人 | 桂林進步教育出版社 |
| 1942 | 國慶日 | 桂林進步教育出版社 |
| 1946 | 幼兒詩歌集 (4 冊) | 香港進步教育出版社 |
| 1948 | 慶雲短篇童話集 (5 冊) | 香港進步教育出版社 |
| 1948 | 慶雲短篇故事集 (4 冊) | 香港進步教育出版社 |
| 1948 | 小同伴 (4 冊) | 香港進步教育出版社 |
| 1948 | 圖畫信集 | 香港進步教育出版社 |
| 1948 | 名人傳記 (2 冊) | 香港進步教育出版社 |
| 1948 | 地球的故事 | 香港進步教育出版社 |
| 1948 | 詩與畫 | 香港進步教育出版社 |
| 1950 | 一枝槍 | 廣東新華書店 |
| 1953 | 華僑爸爸 | 香港進步教育出版社 |
| 1954 | 不斷的琴弦 | 香港進步教育出版社 |
| 1954 | 動物故事 | 香港進步教育出版社 |
| 1956 | 奇異的紅星 | 廣州廣東人民出版社 |
| 1956 | 七個哥哥和一個妹妹 | 廣州廣東人民出版社 |

| 1956 | 三件衣服 | 廣州廣東人民出版社 |
|---|---|---|
| 1956 | 爸爸的血 | 上海少年兒童出版社 |
| 1956 | 快樂的兒歌 | 廣州廣東人民出版社 |
| 1957 | 從小跟着共產黨 | 北京中國少年兒童出版社 |
| 1957 | 花兒朵朵開 | 廣州嶺南美術出版社 |
| 1957 | 和爸爸比童年 | 廣州嶺南美術出版社 |
| 1957 | 不朽的向秀麗 | 北京中國少年兒童出版社 |
| 1982 | 月亮的女兒 | 天津新蕾出版社 |
| 1982 | 歌聲滿路 | 山邊出版社 |
| 1983 | 黃慶雲作品選 | 廣東新世紀出版社 |
| 1984 | 羅志群和鄧金娣 | 四川少年兒童出版社 |
| 1985 | 刑場上的婚禮 | 廣東新世紀出版社 |
| 1985 | 兩個小石像 | 遼寧少年兒童出版社 |
| 1985 | 金色童年 | 廣東新世紀出版社 |
| 1986 | 愛我香港 | 明華出版社 |
| 1986 | 香港歸來的孩子 | 山東明天出版社 |
| 1986 | 皮鞋兄弟 | 啟思出版社 |

| 1991 | 蟋蟀哥倆 | 安徽少年兒童出版社 |
|------|----------|---------------------|
| 1992 | 中國 50 年代創作童話 | 台灣光復書店 |
| 1993 | 九龍・九龍 | 新雅文化事業有限公司 |
| 1994 | 怪電話 | 真文化出版社 |
| 1994 | 漫遊隱形國 | 啟思出版社 |
| 1994 | 親親小時候 | 真文化出版社 |
| 1996 | 聰明狗和百變貓 | 新雅文化事業有限公司 |
| 1996 | 恐龍蛋的夢 | 新雅文化事業有限公司 |
| 1997 | 夜裏誰在叫 | 基道文化事工 |
| 1997 | 豆豆看天星 | 真文化出版社 |
| 1998 | 彩虹孩子 | 基道文化事工 |
| 1998 | 一對活寶貝 | 啟思出版社 |
| 1998 | 奇異的紅星 | 西安出版社 |
| 1998 | 小魚仙的禮物 | 啟思出版社 |
| 1998 | 小圖書館員 | 啟思出版社 |
| 1998 | 花市的悄悄話 | 真文化出版社 |
| 1999 | 黃慶雲童話集 | 重慶少年兒童出版社 |
| 1999 | 我愛香港 (2 冊) | 真文化出版社 |

| 2000 | 月光光 | 真文化出版社 |
|------|--------|------------|
| 2000 | 美麗童話集 | 真文化出版社 |
| 2002 | 貓咪 QQ 的奇遇 | 新雅文化事業有限公司 |
| 2003 | 黃慶雲童話集 (2 冊) | 螢火蟲出版社 |
| 2004 | 黃慶雲生活故事集 (3 冊) | 螢火蟲出版社 |
| 2004 | 貓咪愛自由 | 和平圖書公司 |
| 2004 | 和媽媽一起說故事 | 和平圖書公司 |
| 2004 | 蓮花和老虎 | 和平圖書公司 |
| 2004 | 兩隻蚊子遊學記 | 和平圖書公司 |
| 2006 | 快樂的兒歌 | 和平圖書公司 |
| 2009 | 從小搖籃到大世界 | 上海美術出版社 |
| 2009 | 苗山少年傳奇 | 上海美術出版社 |
| 2009 | 彩色的風 | 廣州南方日版出版社 |
| 2011 | 英雄樹唱歌 | 香港牛津大學出版社 |
| 2011 | 童年的花園 | 香港牛津大學出版社 |

**獲獎作品：**

- 《奇異的紅星》：榮獲 1980 年第二次全國少年兒童文藝創作評獎一等獎。

- 《刑場上的婚禮》：榮獲 1982 年廣東省少年兒童文藝創作一等獎。

- 《金色童年》：榮獲 1986 年國家教委推薦讀物、1987 年廣東省少年兒童文藝創作獎。

- 《搖籃》：榮獲陳伯吹園丁獎。

- 《九龍 • 九龍》：榮獲第四屆冰心兒童圖書獎。

- 《聰明狗和百變貓》：榮獲第四屆香港中文文學雙年獎、2012 年第二十三屆冰心兒童圖書獎。

- 《豆豆看天星》：榮獲第五屆香港中文文學雙年獎推薦獎。

- 《貓咪 QQ 的奇遇》：榮獲第七屆香港中文文學雙年獎。

- 《會鳥語的媽媽》：榮獲 2011 年上海少年兒童給予最喜歡的優秀原創童書稱號。